王占黑 ——— 著

上海文艺出版社
Shanghai Literature & Art Publishing House

图书在版编目（CIP）数据

空响炮/王占黑著. —上海：上海文艺出版社，
2017（2022.4重印）
ISBN 978-7-5321-6553-7

Ⅰ．①空… Ⅱ．①王… Ⅲ．①短篇小说－小说集－中
国－当代 Ⅳ．①I247.7

中国版本图书馆CIP数据核字(2018)第003923号

责任编辑：崔 莉 胡 捷
装帧设计：钟 颖
责任督印：张 凯

书 名：空响炮
著 者：王占黑

出 版：上海文艺出版社
出 品：上海故事会文化传媒有限公司
（201101 上海市闵行区号景路159弄A座3楼 www.storychina.cn）
发 行：北京中版国际教育技术装备有限公司
印 刷：天津旭丰源印刷有限公司
开 本：890×1240 1/32 印张6.25
版 次：2018年3月第1版 2022年4月第6次印刷
书 号：ISBN 978-7-5321-6553-7/I·5218
定 价：38.00元

上海故事会文化传媒有限公司 出品（00712）www.storychina.cn

如发现本书有质量问题，请与印刷厂质量科联系 Tel：022-82573686

序

　　这本作品集，八篇小说，都不算长，我却读了不少时间。没法一口气读下去，读完一篇，必得停下来歇一歇，才能继续。虽然其中有些已经不是第一次读，那种不容易消化的感受，仍然强烈地存在。每一篇结束的时候，那种慢慢累积起来的阅读感受迟迟不肯散去，似乎就此停留下来，在你的情绪和意识里占据了一个位置。

　　另一方面，每篇虽然独立，却又是可以互相参证的，它们是一个共同的社会空间里的故事。这个空间的特征如此突出而又如此地被漠视：中小城市的旧社区，即上个世纪八九十年代建造的小区和工人新村，高速发展的时代已经使它们沦落为老小区和旧新村，住在其中的，主要是退休、下岗工人，以及外来务工人员。这样的老龄化和低收入群体的社区，赶不上当下的脚步不用说，未来的命运也从日益衰败的气息中显现。

　　王占黑写的就是这样的旧社区里的人，写他们日常的生活，看起来鸡毛蒜皮、东长西短，却总格外深切地关乎生老病死。

　　但也别把她的小说误会为符号化的"底层文学"。这些积聚起来的作品触须尖细，探及丰富的历史容量和复杂的人生境况，叙述起来细致、平静、克制，以保证不被外在的视角、情绪和意识所简化和概括，或者可以说，她的叙述是这样的社区生活里面的——而不是外面的，更不是上面的——叙述。

她似乎是以分镜的方式推进叙述和结构作品的，缓慢移动的画面为实感所充满，自然五味杂陈，内容不免沉重。然而，她并不想背负沉重的包袱，她的人物，她的人物的生活世界，并不被沉重压垮，不仅有尊严，而且有趣，内里有自处的逻辑、方式和表现形式。能写出这些来，才是她的作品独特的价值所在。

这里不能不说到，她是一个九〇后女生。这个女生迄今为止的创作——除了眼前这本小书，还有另外一部小说集——差不多都是写社区和老人的，写她的父辈和祖父辈。你可以说她有能力——稍微对比一下同龄人，就会发现这是一种不常见到的能力——把眼光从自己和自己这一代身上移开，理解和致敬前辈；同时，也同样重要的是，这也是面对和梳理自身的方式：她和她这一代的许多人，是在这样的社会空间和人际关系中成长起来的，这也是她们自己的经验。她没有隔离和排除这样的经验，而是从中发掘和领会与自我密切关联的方方面面。

就在我写这篇短序的前两天，王占黑获得一个文学奖，颁奖台上，贾平凹拿着奖牌找不到领奖人，想不到叫这个名字的人就是站在他身边的女生。看她的文字，她写的系列社区、街道"英雄谱"，多半也会误解了她的年龄和性别吧。我记得好几年前，刚读研究生的时候，她给我看几篇短作品，我说单独看也好，如果能多写一些，放在一起看，会更见出好来。我只是随意说说，没有想到她那么有耐心，延续几年，真的一篇一篇写下来了。如今，她已毕业，还在继续写那些表面波澜不惊的故事。倘若读者有耐心，或许会感受到一些什么，在心里留下一些什么，哪怕只是有趣——它们确实是些有趣的故事，也好。

2017 年 12 月 9 日于复旦大学

目　录

空响炮01

◇◇◇ — ◇◇◇

　　赖老板像只烤架上的扒皮鸭子，翻了个身，又翻了个身，几圈下来，被窝里的热气都抖尽了，还是睡不着。老板娘闷头大骂，做啥！要吃西北风到外头去吃！隔着被子横生一脚，几乎把赖老板踹落到地板上。

　　赖老板不敢响，赶紧爬回来捂好。他有数，老婆并非凭空出气的人，生意做不下去，谁心里都不痛快。再这样下去，真的要吃西北风了。想他赖明生摸爬滚打五十年，游过街，干过群架，下过岗，上过本地新闻，什么扛不住，从没像最近一个月这么吃喝无味的。今天这顿年夜饭，白酒过二两，他就不想再动了。哈着冷气晃了一歇马路，回家躺下。

　　往年这一天，赖老板吃酒到八九点钟，一张大红脸直奔老友家，通宵麻将伺候。年关这副麻将，比年夜饭还要紧。输赢多少，不管，只管开心。赖老板最喜欢零点将至的时候，香烟缭绕，打开窗，家家户户的炮仗都蹿起来了，渐渐吞没搓牌的声音，眼底眼外，噼里啪啦一阵乱响。赖老板听不清上家喊了什么，乱吃乱碰，碰错了，三家大笑，他也跟着笑。胡闹到一点宽，外面动静小了，几人又卯足精神玩起来。六点散场，赖老板出来，走在满地厚厚的红纸屑上，嘎吱嘎吱，鞋底不沾地面，像在大雪里。一脚一脚，他觉得自己踩在了钱上，五十响的，十五块，一千响的，五十块，一万响的，踩起来更加适意，软绵绵的。

一年到头做的生意，若都在除夕夜放掉，能从脚下铺到哪条街呢，赖老板总是边走边盘算。走到自家店门口，卷帘门拉开，照例放一支开年炮仗，一千响的大地红，讨个好彩头。然后回家，一碗大馄饨下肚，安心睡去。

这半年来，赖老板的生意越做越差。原来横幅满城，新年起不准放炮仗了，放了要罚款，从此谁还敢呀。做到年底，店里忽然回光返照，人人都想最后再过一次手瘾。元旦前夜，卡在禁燃令的口子上，城里像遭了空袭一样，硝烟弥漫，爆炸声此起彼伏，耳聋的老人都嫌吵到吃不消。赖老板就坐在店里听，数，轰隆隆的是高升炮，嘶叫乱蹿的是礼花弹，噼噼啪啪的是电光炮。坐到十一点多，关了张，他在自家门口点了支一万响的财神到，响完，正好零点。

过了这天，再没有人来买炮仗了。赖老板的炮仗生意，算是正式做到了头。

到不到头，都是自己铺的路。城里大大小小礼花店，并非全数倒闭。早有人劝，赖老板啊，这桩事体，总归是没办法了。要么，也去进一点电子的卖卖，蛮好的，总算没有断掉这只生意头呀。

电什么子！买来听个响，地上不留红，像什么样子，有这种喜庆法吗！话虽这么喊，赖老板毕竟还是胆子小，生怕新炮仗成本高，卖不动，想来想去想不好。结果却叫隔壁阿大香烛店先占为王，搞了个电子炮仗代售点，势头一下打开了。

赖老板头上眼热，脚上硬是不肯跟风，他讲，假炮仗，没意思！李阿大我晓得的，年轻时候就这副德行，讨不到老婆，对牢洋火柴上的图，一边看一边弄，没骨气的。这种事体，我赖明生不做！

◇◇◇ 二 ◇◇◇

李阿大抢了赖老板的饭碗，名声臭了半条街。

从北京路动迁到爱国路，又缩进细长的八达弄，喜铺批发街历经三搬两搬，回头客都冲散了，生意人也走了大半。留下的几户，同住在附近的老小区里，几十年摆下来，各做什么，也自成规矩了。弄堂南北两道口，南面数过去，连着几间餐饮卫生用品店，几间炒货铺子，喜糖铺子，再过去是喜帖店，炮仗店，香烛店，自然形成了这种布局。买东西的人一路买过去，是很顺的。阿大就在赖老板的隔壁。

早几年就有风声流窜，出事啦！市区不让放炮啦！一下愁死了喜铺街上好几家店面。一时间撤的撤，变的变，留下赖老板一家独大，大到几乎只卖鞭炮，样式齐全。只是消息年年传开，禁令却始终不见。赖老板叉着腰站在店门口，不会错，事体还没成。想要砸我赖明生饭碗么，还要再等一歇咪！

平日里，稍有风吹草动，喜铺街上的小老板就站在各自店门口，隔着一条马路喊过来，喊过去。阿大坐在旁边听，概不参与。阿大向来不做发财梦，一间香烛铺，几十年开下来，仍是五平米的店面，卖点黄纸锡箔，线香红烛，再无别的品种。可如今红事也好，白事也好，烧香烧纸在城里愈发不时兴了。只剩几个老太太痴迷拜佛，勤快光顾。阿大倒也不急，做了回头客的，丢不了，新客人，阿大也不指望。反正一家老小齐全，不用多想，家里老太婆管小孩，阿大就看住这爿店。

女儿却是能干人，听说城里要禁燃了，心中几粒算盘珠铛铛铛拨了起来。很快打听来一种假炮仗，只充电，不点火，卖得贵一点。女儿牵线搭桥，厂家的直销点就开进了阿大香烛店。阿大不吭声。

九月里，禁燃令一出，烧着了半条喜铺街。众人本是跑去看火烧眉毛的赖老板，一抬头，呆住了。风水轮流转，叫阿大抢先啦。隔壁香烛铺装了新门面，××电子爆竹，底下拉着禁燃横幅。眼熟的阿大招牌，退位让贤，拆下来堆在角落。店里半边旧货，半边炮仗。

这架势，等于是打了隔壁赖老板一巴掌，还破了一行归一行的规矩。喜铺街上的老实头阿大转眼成了趁火打劫的强盗。人们当面说，背后说，阿大心思这么坏，不作兴噢。

阿大躲在仓库里闷头折纸元宝，不肯出来露面。

年三十，阿大一家三代人吃得开心。女儿举杯，祝阿爸来年生意兴隆。阿大却憋着一张苦瓜脸，闷头吃菜。女儿讲，阿爸不要急，新物什嘛，慢慢会卖得好起来。

阿大只觉满桌都是黄连，真真说不出的苦。

吃完饭，孙子缠着阿大放魔术弹。每年除夕，阿大都从隔壁买一捆甘蔗似的烟花，在阳台上放给孙子看。握在手里，一点，砰，一个流星冲上天去了。囡囡，今年没有了。阿大回屋拿出电子炮仗，孙子不要，偏要看天上蹿的。

阿大有点怨这个假炮仗，能造个带声响的，怎么就没有能冲天的呢。好不容易找出去年中秋玩剩的火花棒，孙子关起门来甩，火星四溅，熏得家里乌烟瘴气。玩过了，孙子还要讨，阿大说，囡囡，没了呀。孙子又改要擦炮，阿大说，囡囡，真的没了呀。

什么都没有，孙子翻了脸，一哭二闹，第三桩事，就是吵着要去找对面楼的阿兴大伯伯。

◇◇◇ 三 ◇◇◇

瘸脚阿兴卧在客厅的弹簧沙发上，香烟一根接一根不肯停。周围安静得很。老娘走了三个月，遗物清理完，家里房间总算腾给他了，可阿兴偏要在这只缩了三十多年的沙发上继续度日。

瘸脚阿兴一辈子跟老娘过。老娘讲，瘸脚顶可怜了，人家聋子讨聋子，瞎子讨哑巴，我们阿兴偏偏连个歪头都讨不到，光杆司令一根竖到老。老婆讨不到，生活还是要做的。瘸脚阿兴每天在私人老板厂里打工，回来没啥事，就站在楼下抽烟。逢年过节，家里不是老娘烧饭，就是大哥请客招待，瘸脚阿兴万事不管。不吃酒，不打牌，年头上的钞票，全丢在几支小烟花身上。腊月里，人们去炮仗店订购几千几万响，招财进福，瘸脚阿兴却专门挑些小孩喜欢的物什，长枪短炮捧回屋去。

今年跑过去，赖老板只朝他远远地摆手，没啦，没啦。

小区里的人都叫他瘸脚阿兴，只有小孩会喊一声，阿兴大伯伯。小孩长大了，也改口随大人叫。不过总有新的小孩出来，客气地喊大伯伯，这一点阿兴深信不疑。就像那些追在阿兴屁股后面玩炮仗的小把戏，一年年长大，不喜欢了，终归会有新的小百戏冲过来，两只眼睛牢牢盯住阿兴手里的火星不放。

瘸子阿兴在自家楼下玩炮仗，像钓鱼一样，是玩给别人看的。平地上扔几粒柑橘籽模样的摔炮，举着火花棒走来走去，小孩子看到了，就记住了，附近有个好白相的大人。一得空，几个人冲过去，围着阿兴转。这一转，叫瘸脚阿兴开心的事体全转出来了。

阿兴放鞭炮放得响，小孩怕，就同他躲到一块去。阿兴搂着小孩，捂耳朵，捂眼睛，手指漏出一道缝，叫他偷偷看。阿兴拿土裹着擦炮，埋在老酒瓶里，香烟头一点，砰，土飞了半仗高。阿兴喊，打仗啦，快逃啊，小孩吓得蹿来蹿去。阿兴再一个个去找，变成了玩迷藏。

阿兴喜欢冲天炮，和小孩子追逐着玩手持升天。谁的小手没握住，冲歪了，笔直蹿到阿兴的屁股上，阿兴拖着一条条软绵绵的腿，飞快扭动着，回头又看不见，转眼冒了烟，在楼下跳来跳去，小孩笑得开心，阿兴大伯伯屁股上烧了个洞，哈哈哈哈。瘸脚阿兴也跟着笑起来了。

瘸脚阿兴买的炮仗稀奇古怪，地上蹿的火老鼠，天上飞的魔术弹。阿兴教会小孩，小孩就作弄他。胆子大的把火老鼠砸到睡觉的大黄狗身上。黄狗吓醒，追出来，阿兴跑得慢，被黄狗咬着裤脚管不放，小孩躲在边上笑。阿兴毫不在意。

到了夜里，铁丝烟花最好看，阿兴叼着香烟，给来玩的一人发一根，凑近嘴巴一碰，火花呲呲地炸开来，蹭在阿兴脸上，好像脸上生了火花。灭了一根，再点一根，玩到大人来找小孩了，老娘也开了窗，喊阿兴回来。

这些事体，瘸脚阿兴记得清清楚楚。现在老娘走了，连这些一并带走了。夜里不放炮，小孩不出门，外面静落落的。瘸脚阿兴躺在沙发上，弹簧戳破了海绵，顶着他的屁股，硬邦邦的，好像被一根魔术弹顶着。地上散落着去年没用完的火花棒。阿兴想不通，大的不准放，讲出来是有道理，小炮仗凭什么也不可以呢。

阿兴心里不畅快，拣起三根，插在老娘遗照前的香炉里，烟头一碰，火花呲呲呲蹿上来，照亮了客厅一角。阿兴讲，老娘啊，过年了噢。新年好呀。

三支香很快就灭了。瘸脚阿兴拉了百叶窗，爬到八仙桌底下，悄悄把剩下的火花棒都点燃了。可是从外面看过去，阿兴家和楼上楼下一样，黑乎乎的，半点光亮都没有。

◇◇◇ 四 ◇◇◇

看到小区里没有半点火光，烫头就放心了。几个钟头下来，烫头觉得自己一双膝盖几乎要蹲麻了，脑子也发昏了，年夜饭吃过什么，她一点都不记得了。后排几个组员哈欠连天，有人在手机上看晚会直播，有人几乎靠着树睡着了。烫头站起来，狠狠地拍了那人一下，准备换一种工作方式，绕小区走几圈。

这些日子，烫头忙得像个陀螺，白天挨家挨户打预防针，夜里带一批红臂章站岗放哨。烫头以身作则，连续值了好几个夜班。分组划区，蹲点巡逻，这些任务让她感觉自己仿佛置身于另一次气氛紧张的严打之中。

第一年禁燃，满城拉横幅，喊口号。上头关照了，务必确保万无一失。不能让市民心存侥幸，以为偷偷放完跑了，社区抓不住现行。若是一家得逞，其他人看样学样，从此便肆无忌惮了。尤其是除夕夜，哪片街道出错，哪个就要挨批。责任之重，烫头命令自己，再累再乏，眼皮子一刻都不能耷拉下来。

天冷得不行，躲在树堆里还好，出来一走，寒风飕飕地刮过来，像一支支冷箭从脸上擦过去。眼前嗖嗖乱蹿的，还是那几只死活赶不走的野猫。从前野猫泛滥的时候，放一回鞭炮，总能清净好几天，现在只能任之由之了。也许春天一到，野猫一叫，居民又要投诉了。不过烫头没心思烦恼野猫的事了，零点将至，形势和室外温度一同严峻起来了。烫头带着一组人前后扫视，随时冲向犯罪现场。

烫头的鼻子是很灵的，她总觉得飘过来的风里夹杂点熟悉的火药味，正是她期待的气味。怔了一会，模模糊糊的鞭炮声就正式从耳边响起来了。一群人循声冲过去。一看，不是这栋，往前去，也不是那栋。仔细听再赶过去，却被小区最西面的围墙挡住了。虚惊一场，看样子是隔壁小区出了事情。

奔波半天，烫头缩在厚重的羽绒服里气喘吁吁。来来来！烫头叫组员们围过来，几个人贴在墙上听着对面的鞭炮声，高兴极了。隔壁小区红旗拿不到了。听完，她忽然又有点失望，想自己埋伏了这么多天，一个都没抓到，也算是白辛苦了。烫头并非没有设想过，要用什么样的姿态上前制止，什么样的口气向上级汇报，以后又如何跟熟人讲述这段经历。现在她只好安慰自己，抓不住人，至少抓住奖金了。

烫头走回原来的据点，摸出手机，看到工作群里好多人发来了喜报。比如对面小区及时阻止了一个放焰火的老头，和平公园里捉住一个点炮仗的，环城绿化带上有一伙偷玩刮炮的中学生。烫头伸出僵硬的手指，打了一个 0，迅速收到了几个大拇指。烫头笑了，看了看时间，再坚守一会，就可以回去睡觉了。

烫头打了个喷嚏，响得在头顶听到了自己的回声。她吓了一跳，感觉小区从没有这样安静过。

◇◇◇ 五 ◇◇◇

马国福搬来十年多，觉得小区从来没有这样安静过。

他蛮高兴，总算能在除夕夜睡个好觉了。要说倒霉，马国福觉得全单位也没谁比得过他，算上明天这趟工，这已经是他连续第五年轮到年初一开头班车了。其他线路的师傅都说，阿福，你肯定是被排班的人故意穿小鞋了。马国福讲，我不曾呀。同线路的则说，阿福，动脑子呀，你不给运营部送水果么，他们只好把烂桃子送给你吃了。

马国福为此翻出日记本，果然，他开了十八年公交车，有五年轮到年初一头班车，四五点钟爬起来。五年轮到年三十夜班车，饭桌上吃不成老酒。剩下的，不是初二初三头班车，就是二班车，总归是轮不到休息。马国福朝散乱一地的日记本发呆，摇头。好在马国福并非吃不起苦的人，他只是想算算清楚，自己这些年都是怎么过来的，从没想过要改善处境。他甚至觉得，我不开头班车，也总有别人要开，无所谓的。

不过轮到年初一开头班车，马国福还是最头疼的。克星就是零点的炮仗。照说，一个四点起床，五点到单位，五点半发车的人，理应十点就睡下了，可是这夜，鞭炮一响，马国福无论如何都进不去梦乡。砰，啪。砰，啪。十一点到一点，马国福完全是醒的，心跟着炮仗跳。两三点钟，模模糊糊睡着，隐约还能听到点动静。很快的，上班闹铃叫起来了。马国福感觉自己像一个打了通宵麻将的人，爬出床，头重脚轻。吃点喝点，就匆匆往单位去了。一路上天是漆黑的，地上却是软塌塌的，轮胎碾过去，好像不太稳的样子。酒鬼还在街上晃荡，年轻人也是，马国福望着一圈一圈路灯底下被照亮的炮仗屑，总想着自己哪天也能玩个通宵，睡到中午。可事实总是睡不够，还要忙一整天。年头上的公交是很难开的，车上人多，路上人更多。头班车开到城郊，载了早起等候进城的老年人。然后是上午走亲戚的，中午吃饭的，下午出来逛街的。一把方向盘拉来拉去，唯独自己哪儿也没去。

现在好了，城里不准放炮，晚上能睡饱了。四下寂静，不看手表，都不知道自己身处新年还是旧年。马国福备好早饭，开好闹铃，早早上了床。一躺下，他却忽然毫无睡意。周围太安静了，安静得他听到了各种微弱的动静，野猫乱蹿，社区巡逻，电视节目和小孩吵闹。听得越多，越是难以入眠。马国福真是要被自己气死了，好不容易没了炮仗，自己却不习惯了。

不过他实在不是个爱动气的人。睁着眼睛，等着时间一秒一秒过去，也许自己在哪一秒就突然睡过去了。他漫无边际地想，自己还有十年就退休了，再也不用早出晚归。他要买一部自己的车，越野的，开出去旅游，去新疆，去西藏，成天开在能开一百码以上的高速公路上，再也不用按着喇叭，挂着低挡，在拥挤的市区里钻来钻去了。

他这么想的时候，突然觉得自己眼前的马路一片宽敞，恍惚间进入了纯白色的梦。

◇◇◇ 六 ◇◇◇

恍惚间看到明天的马路一片干净，老棉袄乐得在被窝里笑出了声。

老棉袄今年又没回老家。买票真是个难事，自己去窗口排队，总也轮不到，托工友去买呢，动不动就要加钱。什么两眼泪汪汪，老棉袄算是看明白了，老乡见老乡，一个骗一帮。他只好缩在河边的矮房里，等开了春，挑一班容易买的车回去，好歹能拜上个晚年。

老棉袄来了三年，总觉得适应不了此地的冬天，乖乖，光是冷，不下雪。夜里裤子一脱，两脚一蹬，乖乖，好像钻进了电冰箱，牙齿咯咯咯咯撞出了响声，吓得他从此睡觉不敢脱秋裤。老棉袄心想，人人都说南方好，谁晓得，这寒气渗进来不要命啊。

一过立冬，老棉袄就在他的环卫马甲外头裹了件军大衣。小区里的人见到了，就老棉袄老棉袄这样喊他。喊多了，老棉袄反倒对自己的大名有点陌生了。他想，这倒也好，老家一个名，外地一个名。到腊月里，军大衣也不管用了。早起上工，岸边湿气重，老棉袄挥着扫帚，膝盖呀肩膀呀直发凉。

唯独年头上几天，老棉袄觉得自己哪怕是赤膊上阵，也能扫出一身汗来。工友里流传这样一句话，千怕万怕，最怕大年初一。闹腾的一夜过去，推开门，火药味还没消散，浓浓地凝结在风里打转。走出去一看，马路也好，小区也好，满地火红的炮仗屑，碎纸卷，铺在地上的不说，粘在泥水中的，挂在树枝上的，还有吹进楼道里的，老棉袄一双眼睛瞥到哪，手就得扫到哪。有时手气太好，毫无防备就中了头彩。

比如前年大清早，老棉袄走在路上，总觉得脚下硬邦邦的。啪一声，踩住几根尚在喘息的火药卷，给棉鞋底炸出了洞，吓得他心怦怦怦地狂蹿，一时间像唐僧怕踩死蚂蚁似的，踮着脚前进。可手脚慢了也不行，八九点钟，人们一觉睡醒来，又要放第二拨鞭炮了，害老棉袄忙得连抽根烟的工夫都没。

若放在平时，早班或是晚班，老棉袄空下来，坐在长长的扫帚柄上，好像坐在自己的扁担上，抽根烟，放松一会，和锻炼的人，买菜的人打个招呼，朝着河望野眼。老棉袄觉得，有日头照着的时候，南方的河还真是好看呀。

说起来，老棉袄也挺手痒的，好久没点过炮仗了。城里不行，过年不够味。他想到了老家，年头上的鞭炮放得像打仗一样，那阵势，叫人听着耳朵舒畅。自家的院子里，想怎么来就怎么来，放完炮也不急着收拾。隔一夜，风吹走一点，再隔几夜，又吹走一些，地上自然就干净起来了。即便过完年，偶尔捡到了炮仗屑，也还觉得喜庆呢。

老棉袄搓搓手，点了一根烟，烟头毫无声息地烧着。他决定了，这次回家，一定要去放个够。

◇◇◇ 七 ◇◇◇

赖老板毫无睡意，爬起来开窗，点了一根烟。零点过了没，城里没有半点动静。天上乌漆抹黑一片，四周安静得吓人。竖起耳朵听，隔壁有几户看春节晚会的人家，电视机开得太响了，衬得整个小区更加死气沉沉。

要是不讲，真不晓得这是过年呢。赖老板忽然气急了，却不再为生计发愁，纯是一腔正义憋在胸了。一口烟吐出来，唉，这种日脚，过得是一点样子都没有了。

双响炮也好，电光串也好，赖老板总觉得，炮仗的效果，和防空警报是一样的。譬如要把全小区快速集中起来，点一串鞭炮最好。没办法，人爱轧闹猛呀。往日里，十发礼炮响出一发，远近居民就纷纷开了窗，探了头。响过三发，闲着的走出家门，循声过去看看，谁家办事体呀，新娘子好不好看呀，婚车气不气派呀。运气好一点，还能捞到几支中华，一包喜糖。拿回家去，沾沾喜气，饭桌上又有事情好讲了。

现在没了炮仗，结婚变成了打地道战，这头悄悄送嫁，那头悄悄迎娶，好像多见不得人似的。搬家的呢，进出毫无声响，什么都没听见，什么都不晓得，隔壁就添了户新客人。少了这点动静，叫干巴巴围观的人徒生尴尬，办事的也总觉不够体面，只好变着法子出声响。有人想出来搞车队鸣笛，结果吃了罚单。有人现场奏乐，这下倒便宜了沉寂多年的锣鼓队，吹吹打打又有活接了。赖老板越想越气。

敲锣打鼓，多少乡气，不晓得的还当是送葬呢，好跟千响万响炮比吗。赖老板手指一松，烟屁股从阳台缝里漏下去。

刚落下去，只听得砰的一声，耳边一阵余音。赖老板吃了一惊。不可能啊，我这是烟屁股，又不是炮仗卷，怎么炸得开来！还没回过神，紧跟着又是几声巨响，砰，砰砰。

躺下的人都清醒了。砰过五声，老老小小都穿上衣服，开窗开门来望了。顶楼窗口有人喊，河滩边！在河滩边！众人往南面河岸望去，什么烟火都没看到，天上仍是灰黑一片。

烫头刚往回家的路上走了没几步，一回转，循声赶去。她有点紧张，没想到自己一根弦崩了这么多天，竟在如释重负的时刻，突然被推到拉弓口上。冷静下来听，声音确实是从河那边几栋楼传过来的，也许岸边风大，火药味冲淡了，此前才会毫无察觉。

砰砰声越来越近，越来越密集。烫头踩着声响跑过去。

赖老板站在阳台上，看着昏暗的小区渐渐苏醒过来，房间里，楼梯上，灯火通明。人们裹着毛毯，带上手电，纷纷踏出家门。有人想知道，谁胆子这么大，敢在风口上作对。也有人冲着烫头，要看她如何制止，如何收场。这种时刻，谁都不想错过。小孩子也跟出来了，一个个高兴地喊着。

炮仗声果真如同拉警报一样，把人逼出来了，往河边的防空洞跑去。路灯底下，人的影子重重叠叠，略带慌乱，又显得十分兴奋。烫头以身作则，像个引领疏散的人，跑在最前面。快一点呀！她给挤在人群中的组员发出信号。

砰砰声更加近，更加密集了，密得像人们加快的脚步，交头接耳的谈话。烫头和后面的人举起手电，往同一方向照去。捉牢了！

远光照亮了一个歪斜的背影，站在河边晾衣服的绳子底下，一手握着螺丝刀，另一只手，捂住弯曲的膝盖。身前一片气球在风中乱撞。红的，绿的，各色都有。

瘸脚阿兴挥舞着螺丝刀，像公园里玩打枪似的，击破眼前密密麻麻的气球。砰，砰，响声在河面回荡，飘远。戳破的气球皮飞起来，又落下去，像几百响的电光炮，点完了，安详地铺在地上。

小孩子呼喊着，扒开大人的腿，朝气球冲过去。

麻将的故事 02

◇◇◇ — ◇◇◇

　　吴光宗同葛四平两个人搓了一辈子麻将，当了一辈子的上下家。葛四平讲，哪里是上下家，分明就是冤家。我四囡前世欠伊多少债，这世倒霉，天天盯在伊屁股后头吃灰。吴光宗发笑，兄弟兄弟，吃饭靠天，打牌看手气，这话讲得太难听。

　　葛四平搓麻将，专欢喜做清一色。筒索万也好，全老头也好，清清爽爽，漂亮又赚大。只要手里的牌不算太推板，他定规想弄个一条龙出来。开门见山，三色杂牌轮番踢出，人家心里就有数，葛四平要动手了。

　　清一色动手看上家。上家牌喂得好，下家两摊一吃，杂牌一除，听张是眨眼工夫的事体。偏偏葛四平的上家吴光宗欢喜做对对胡。两连不嫌少，三连不嫌多。碰杠不停，桌上热闹都在他这一方。葛四平东风借不着，苦等的牌也都卡死在他手里。

对家出一张。吴光宗两只手指头轻轻一搭，挺出一对双胞胎。"碰！"啪嗒一声，敲碎了葛四平的如意算盘。

对家又送一张。"哎，慢！"吴光宗不声不响，再推一对。两摊一碰，一条龙等于抽掉了半根筋，葛四平只得拆牌重造。

运气差一点，碰到吴光宗手里藏一副暗杠，葛四平永世不能翻身。一局到末，有人报听，还没推胡，葛四平就要伸手去翻桌上的牌，一只只看过去，果然，是叫上家掐断了生路。

几圈下来，葛四平就动气了。要么调位，要么换桌，打不下去了。众人相劝，还是不如吴光宗亲自来劝，兄弟，打牌呀，做啥当真。对方不应，仍叫他去别桌。吴光宗不肯，我偏要和四圈一道白相。故作一副笑嘻嘻的软滑样子，引人发笑。众人只好再劝换位。换过几圈，吴光宗却又要求调回原位了。风水轮流转，葛四平既然胡过，便不再计较。长此以往，已成常态。

人就是这样，越是做不成，越是不信邪，偏要做下去。葛四平讲，杂胡有啥意思，胡了也不算赢。吴光宗在一旁帮腔。人们搓久了麻将，晓得了这道理，就专喜欢把这两个人排成上下家，预备看好戏。于是吴光宗成了"对对吴"，名号喊起来交关响，毕竟"吴"和"胡"两个字，用土话讲出来是一样的。葛四平这只"葛条龙"，但凡"对对吴"在，就只能徒有虚名了。人们还是习惯按他在家中的辈分来喊，四囡。

◇◇◇ 二 ◇◇◇

四囡有个阿姐叫三囡，在礼同街深处开了一爿馄饨店。礼同街是只瞒屁股，从利通路第三个口子朝左拐，只进不出，两面都是饮食店。礼同街这只屁股本来不瞒，牢牢接住电机厂旧宿舍的后门，只因出口正对面造了一间卫生房，整条街上的食物垃圾都堆在其中。居民一出来，臭味扑鼻，苍蝇萦绕，怕不卫生的，便不情愿往那走了。于是街道干脆又造了堵围墙，把小区同马路隔开，两不相往。不知从何时起，墙上裂开一个半人高的口子，专留给那些怕不方便胜过怕不卫生的，他们侧身穿过，来来回回在礼同街买吃食。葛三囡馄饨店靠卫生房最近，本该生意冷清，却正合了这些要方便的人，翻过墙就能买到，转劣势为优势。不过这洞口并非拜吃客所凿，他们只是借了一个打麻将朋友的光，省下腿脚。

葛三囡馄饨店开了近廿年，人们心里记得越牢，它招牌上的字就越浅。日脚绵长，葛三囡褪成了葛二囡，葛二囡又褪成葛一女，再后来就认不清楚了。不常来这一带的人，若在午后走过，绝不会以为这是爿饮食店。大门紧闭，窗户微开，走近，屋里云雾升腾，麻将牌噼里啪啦响。路人约莫会想，这年头，搓手动麻将的人真是不多了。于是便记住了饮食街尽头藏着一间古老幽闭的棋牌室。

实际上馄饨店自从十年前，葛三囡过了五十，就不再全天候营业了。她一门心思挂着自己的龙凤胎亲孙。葛三囡每天下午乘免费的沃尔玛班车去新城区接孙子，送到儿子家里，做好晚饭，再乘免费班车回来。从幼儿园到小学，雷打不变。葛三囡讲，好房子都造在城外呀，好学校么，也是一样的。她并不觉得辛苦。但馄饨店只能开上半天工夫了，店里五种大馄饨也锐减到仅招牌菜肉大馄饨和薄皮小馄饨两种。每天早上六点开张，十点就往外倒干锅水了。碰上中午打包的客人，或是说好要买干馄饨的熟人，葛三囡就关照他们自己过来取。因为剩下的半天，店仍旧开着的。只是屋里的几张八仙桌都留给葛四平和他的同事搓麻将去了。说是说半天，实际上只要葛三囡不在，店里每时每刻都是麻友的地盘。像从前车间倒班制一样，还可以细分成两档，中班和深夜班。

吃过中饭，葛四平和麻友们各带一只茶杯，固定几人携带布包，打开来，便是几副麻将。热水泡好，坐定即打，到点即回。早场夜场是两拨人轮转在玩。早场的人去上夜班，夜场的人刚下班就赶过来了。

夜场开到凌晨四五点，就要交还葛三囡了。她并不骂，只是那一百六十斤的码子一走进门，各人必须自觉开窗通风，清理门面了。排座，扫地，还要帮葛三囡端水端锅，但并没有人敢问她提前要一碗馄饨吃。他们在礼同街上烧几根烟，空晃一个钟头，待六点不到，又像个新客人似的，重新走进店里来，老阿姐，来一碗头锅汤的菜肉大馄饨。

吃完，便回家补觉去了。

◇◇◇ 三 ◇◇◇

葛四平四十岁以后换了不少工作，换来换去，同事总归是同一拨。电机厂下岗的人，不知是不是太要好，总喜欢屎苍蝇似的一头钻，卖保险闹猛过一阵，搞外贸也闹猛过一阵。如今稳定下来，走两条基本路线，男保女超。厂大业大，买断一批人，男的老来都当了保安，女的都在超市收银，对此葛四平是相当自豪的，他讲，城里各个角落的值班亭，都埋伏着我们的同志！

什么工作都一样，保安里也分闲的和忙的。年轻的外地小伙被派到学校、机关，一颗心整天提到头顶上。老来不中用的本地人则散布在无足轻重的小区和大楼里。火灾有防火系统，小偷有监控录像，葛四平们无非是白班登记车辆进出，夜班拿起手电，来来回回扫几圈，余下时间，就坐在没有空调和电视的玻璃房里，打打瞌睡，发发呆，等着搭档来接班。

每个保安都有对班。有三人轮转的，有两人搭档的，葛四平运道好，他值班的小区正是自家住的电机厂宿舍。亭子里两人半天一轮转，他专门上夜班。葛四平讲，夜班好，偷个懒也没领导来查岗。意思是一觉睡醒来，正好养足精神搓麻将。

葛四平下了班，才算真的"上了班"，他喊，走啊，去礼同街开大会了，换新一批同志出来放哨了！他从前门横穿小区到后门，再从豁开的围墙口子钻出去，直冲馄饨店。过家门而不入，说的就是这幅情景。

三年前起，来给葛四平接班放哨的人变成了对对吴。

对对吴也加入保安大队，在电机厂下岗职工中是个新闻。人人都晓得，对对吴是看不上当保安的。当年在厂里，他就不和别人扎堆做事体。下岗的时候，人人都在领导办公室敲桌子，翻面孔，赖着不肯走。只有对对吴站出来，主动要求第一批下岗。并不是他礼让精神可佳，而是早就认清楚，蹲在一爿将死未死的厂里毫无意思。这是对对吴的进厂师傅教给他的，师傅不仅教了他做对对胡麻将的诀窍，也教了做人的道理。所以师傅前脚死了，对对吴后脚就离厂学生意去了。先是到婚庆照相馆扛摄像器材，后来慢慢的，自己也会搞几下了，就单干给人拍录像。

上世纪九十年代末，必定是对对吴这辈子浪头最大的时候，也是离麻将桌最远的一段日脚。他太忙了，扛着家伙满城赶场子，酒席上香烟红包拿到手软，一双眼睛也跟着长到天上去了。白天干活，晚上同一帮小老板花天酒地。等抬起头来，大变天了，录像不流行了，婚庆一条龙兴起，对对吴的熟人生意再难做开，很快就被淘汰了。此后对对吴修过空调，搞过装潢，再难威风。人们见他常来麻将，就晓得日子并不好过了。

对对吴又搞了一部桑塔纳，想找人搭班跑出租。最早也找过葛四平，他一个光杆司令，跑起来一身轻松。偏偏葛四平是个吃不起苦的人，哪里肯把屁股粘在驾驶座上半天。对对吴只好另找别人，重新过起了远离麻将桌的日脚。跑了两年，不料在夜班路上撞了个酒鬼，赔了钱。对对吴是单干的，没有差头公司承包，也无大保险可赔。结果卖了车，也就断了这条生路。人到中年，对对吴这下没气力了，消沉了一阵，卷土重回麻将桌，日夜不出。众人不响，下家葛四平却说，你来呀，保安当当，不要太舒服。于是他便去了。

厂里人嘴巴贱，明里暗里都敢说，出了多大风头，老来还不是同你我一样值值班。对对吴气性大，别人这样讲，他心里是万万过不去的。调来调去，最后调回了老厂宿舍，和万年下家葛四平当起了对班。

两个人从上下家变成了对班，从此很少在同一桌麻将碰面了。葛四平做他的清一色，对对吴专攻对对胡，天下太平。

◇◇◇ 四 ◇◇◇

对对吴去葛三囡馄饨店搓麻将，通常要带两个茶杯。人家笑，对对吴这个人，做什么事情都要成双成对的。实际上一只茶杯用来装可乐。他说自己吃完饭总是胀气，要打几个嗝顺一顺。什么药都不如可乐灵光，家里向来备着一箱一箱的五升头可乐。一杯喝空，洗净，再重新泡茶，用的是葛四平藏在店里的茶叶，一抓一大把。

另一只茶杯是用来扔香烟屁股的。对对吴烧香烟烧得厉害，他讲，男人的香烟麻将，好比老婆小孩，一样都不能缺。半天玩下来，只见他板凳底下烟头密密麻麻。临走之前，各人自扫门前雪，对对吴门前积重难扫，不大好看。便想出自带茶缸，装一点水，烧完一支，扔一支进去，临了两只盖子一合，拎起茶杯就走，省力得很。

对对吴的烟瘾，他自己讲，十七岁进厂就染上了。不好好劳动，成天跟着一帮老蟹搓麻将。老蟹两只手等于两只钳子，右手钳牌，指腹一搭，摸到一张什么，是好是坏，接下来怎么打，心里就有数了。左手钳烟，唆一口，吐三口，实在是派头大。对对吴全数学来。对对吴的车间师傅，也是他的麻将师傅，把"要做就做对对胡"的精神传授给了他。并且关照，牌要打，老婆也要讨。但不能讨得太早，要被套牢。这和杠上开花是一个道理。

师傅这只老蟹说的话，对对吴句句听进去了。

于是对对吴三十三岁结婚，请了三个伴郎，都是厂里的麻将搭子，葛四平也在其中。四个人西装笔挺，油头光亮，关在鸳鸯酒楼东面小隔间里搓了一下午麻将。近晚饭边，新娘找不到人，BP机也没回复，急得要死。结果服务员领过去，里面云雾缭绕，吃吃碰碰此起彼伏。门一开，四个人仍就不动声色地搓麻将，好比神仙一般。新娘来催，对对吴讲，急啥，还没开席呢。新娘气得直掉眼泪水。

这场婚还是咽着一口气结下去了。新娘当时年轻，并不像后来这般厉害。尖嗓怒骂和零部件一样，都是越挫越精锐的。新娘变成老婆，胆量和手腕就渐渐练出来了。多少次跑到别人家里去抓现行，毫不给脸，拧着耳朵就要从麻将桌上拖走，对对吴第二天只好转战别处。对对吴向来避免正面冲突。师傅讲过，麻将随便打，女人万不可打。对对吴就一边躲，一边服管教。管着管着，确实好了，拍录像和跑出租这两桩生意，不可不说是多亏老婆指路。

没想到老婆步入中年，忽然开了窍，尝到打麻将的甜头，便再不管他了。人们以为对对吴是千年媳妇熬成婆，总算过上好日子了。他却苦笑，哪里是开窍，分明是中了邪。原来家里万事无人照料，乱成一锅粥。他讲，我师傅老早讲过，女人若是迷上什么，性命都豁得出去，侬就是猜不出伊是啥辰光着的魔。

从前人家问，对对吴，老婆呢。对对吴嘿嘿一笑，警察在抓我的路上呢。

后来再问，对对吴摇摇手，哪里来的老婆，我么，同四囡一样，光杆司令一条了噢。

葛四平学麻将也是跟着自己师傅出道的，他师傅和对对吴师傅早在厂里就是死对头。可是这位师傅不如另一位脑子活络，只闷头教麻将，不教做人。他并没有同葛四平讲过，晃到一定年纪还是要结婚。于是葛四平只顾闷头做牌，不晓得抬头看女人。过了三十，再一路拖下去，小青头就拖成了老光棍。不过这桩事体，葛四平并不太放在心上。一个人若是离了婚再独活，多少会有些不适应，葛四平毕竟过惯了无拘束的日脚，就分别不出哪种好哪种不好了。一辈子只一种活法，也很爽气。倒是葛三囡始终耿耿于怀。爹妈死得早，两个姐姐嫁得远。四囡的终生大事，她在三十岁之前不曾提上心，三十岁之后又没能力管，断了香火，心里谁也对不起。

人家讲，葛三囡不肯搬到城外去，多半是放不下小弟的缘故。馄饨店迟迟不关，说是说应了老客人，实际上还是照顾四囡，好给他留一个白相的地方。阿姐待小弟好，向来是人尽皆知的。当年姐弟同在一个车间，三囡坚持要头批下岗，为的是给葛四平留个名额。可是葛四平莽撞，混日子仍不知福，对着领导瞪眼睛，翻台子，没隔半年，也买断了。此后再没做过正经生活，无非是看守路灯，看守仓库，看守大楼，一事无成。

人人都说葛四平吃不起苦，他讲，不是我不肯吃苦，是你们没想通。人活一世不容易，总归要做点顺心的事体。就算吃苦么，也要吃在自家情愿的地方。他指的就是麻将了。觉可以不睡，家可以不回，麻将不可以不打。所以凿了个洞，每天钻过来，钻过去，前门上班，后门麻将。老厂宿舍葛三囡隔壁栋的六楼房子，不过是个中场休息室罢了。

葛三囡为此总担心小弟身体吃不消，葛四平却说，夜游人么，自有夜游神保佑的。果真如此，十几年来没睡过一个整全觉，葛四平不仅不生毛病，精神还相当好，过了五十仍显得后生。

人家问起来，葛四平就讲，想要老得慢么，秘诀就是不讨老婆。

葛四平不讨老婆，人们不稀奇，稀奇的是，他身边从来没个女人，不去舞厅，也不去洗头店，除了麻将和值班，生活中再无别的。实际上葛四平早年也不是没相过亲，可他一上来就跟人家坦白，我欢喜搓麻将的。想要好好做人家的女人一听，哪个不吓跑。葛三囡就骂他，嘴巴这么大做啥，先结婚再慢慢讲也不迟。

葛四平却说，不能一道打麻将的人，结了婚也不会好过的。他说，不信你看对对吴。于是三囡就想给他找个打麻将的女人。可是城里面有几个这样的女人呢。再说了，两个人都去打麻将，家里谁做饭，谁洗衣服呢。葛三囡找不到，就帮小弟做了一辈子饭，洗了一辈子衣服。

二十年下来，对对吴的老婆忽然迷上麻将了。两个人却不在一道打。你玩你的，我玩我的。葛四平又说，找了个欢喜打麻将的老婆，家里就没人管了，不信你看对对吴。

葛三囡无话可说。

◇◇◇ 六 ◇◇◇

葛四平并非故意针对对对吴，他只是习惯了拿对对吴说事，再举不出别的例子了。从十七岁进厂开始，两个人落到一对冤家师傅手里，就免不了要被拿去别苗头，久而久之，内化为自发性的纠缠了。上班别到下班，进厂别到下岗，麻将桌上吵的，也永远不止清一色和对对胡以内的事体。你一句我一句，唱戏似的，无休无止。明明一样蹩脚，还硬要争个上游。比方说，在一公分的身高差距上跳脚吵，挺着肚子比谁中年发福厉害。明明走两条路，也要比比结果。比方说，一个嘲笑秃顶，一个嘲笑白发。一个嫌你家事缠身，一个说你老来孤独。

直到两个人当了对班，穿上一模一样的保安制服，做一模一样的工作，交接班以外说不上几句话，就再没什么苗头可以别了。外人看上去，葛四平和对对吴好像东德西德拆了墙一样，和平演变了。两人一个早场，一个夜场，保卫了前门，也镇守住葛三囡不在时的葛三囡馄饨店，合力把保安界的麻将场子撑起来了。

然而葛四平藏在厨房里的茶叶不是谁都能抓的，就像对对吴给下家留一副好面孔，也并非人人都有的待遇。对对吴的面孔，在葛四平吃瘪的时候是笑嘻嘻的，在葛四平发怒的时候是软松松的。而在别人发怒的时候，那人若是敢摔一张凳子，对对吴就要掀掉一层屋顶。

葛三囡馄饨店作为保安下班据点，一人带一人，渐渐就来了些原先不是电机厂的生面孔。也有人不巧在对对吴手下做清一色，次次被对对吴卡牢，翻不了身。几副下来，心态不好的，直接就翻脸了。对对吴并不买账，他讲，吃得进就打，不服气就滚，有本事勥做一条龙。对对吴码子虽小，喉咙极响。几句一刺，两人就要撸袖子管了。最后众人拉扯相劝，台子没掀，玻璃茶杯砸碎三五只，那人愤然离席，便再没来过。

没隔几天，正是轮到葛四平打牌的下午，居委会带着三个民警冲进来了。说是有人举报此地聚众赌博，又问店主是谁，葛四平一起身，还没开口，就被揿住了。几桌人全数带走。到晚葛三囡回来一看，大门紧闭，就晓得出了事体，跑到前门没寻着四囡，对对吴倒仍在亭子里坐着。原来葛四平没去接班，对对吴就一直替着没走。

对对吴想了一想，说，大家小来来，多少年没人举报过，肯定是伊只赤逼想出来的下作事体。

葛三囡问，哪只赤逼？

对对吴不响。他并没有对葛三囡说，阿姐，这桩事体是我的错。也没有想到救人的办法，对对吴这样的草莽出身，摊开两只手心，寻得出断掌纹路，寻不出半点硬气的后台关系。

可是又能怎么办呢，跑去证明没赌吗，分明又是赌了的。对对吴帮不上忙，干站在小区门口抽烟。

葛三囡也干站了一会，很快走了。临走前面朝值班亭留了一句，吴弟，这几天就靠你帮帮忙了。对对吴晓得，葛三囡意思是不想小弟因此丢了工作。

对对吴又值了一夜班，他坐不住了。不是身体吃不消，是心里气不过了。他喊了人来顶班，自己则一路找过去，城里看马路的，看大楼的，他见到面熟的就问上去。最后问出来，仇家是个在麦德龙值班的保安，从前是化肥厂的。对对吴骂，怪不得如此坏，废水都流进脑子里了。对对吴赶过去，那人正巧下班，骑一部电瓶车出来。对对吴二话不说，一根烟递过去，对方刚接，脸上就闷闷受了几拳。对对吴码子虽小，拳头是很重的。

对对吴再回小区，嘴里少了两颗牙。他想自己并不吃亏，反正老来也是要落光的。这件事无人知晓。麻友们不晓得，葛三囡也不晓得。她只晓得，对对吴保住了四囡的工作。

葛四平放出来的时候，已经三天没去上班了。他却像忘了一样，只顾讲，一个钟头搓四圈，派出所欠我六十圈麻将啊。

葛四平回到馄饨店，人家同他讲起这桩事体的来龙去脉，意思是要怪罪对对吴。葛四平却不接话，只说蛮好蛮好，平时没睡够的觉，这趟都补回来了。

葛四平重返岗位。对对吴坐在亭子里，他讲，赤逼，倒没饿死在牢监里啊。

葛四平笑，牢监里有的吃有的睡，比你这间值班亭不要好太多噢。

两个人一道抽了根烟，交班了。

◇◇◇ 七 ◇◇◇

这是葛四平和对对吴人生中最后一次交班。

葛三囡馄饨店重新营业的那天，葛四平又带着一只布包钻过去打麻将了。他一来，像块吸铁石，很快把其他人也引过来了。葛四平讲，好好好，菜肉馄饨一下锅，保安宫殿就重新搭起来了。

这日葛四平得了老天照顾，手气特别好，连着几圈清一色都做得漂亮。一副结束，葛四平两只手搓牌搓得交关响，好像在自家门前放鞭炮庆贺一样。对家激他，四囡么，也就是趁对对吴不在的时候发点狠。葛四平拍胸脯，不可能，明朝叫伊来，保证还是我赢。

葛四平不晓得，自己意气风发的时候，对对吴却走霉运了。麦德龙的仇家肿着脸到单位里一举报，对对吴第二天就不用去接班了。仇家这一张牌打得是很精明的。报警，不过是私下调解，再得点医药费，先报单位再报警，等于直接砸了对对吴的饭碗。

打架的事情，也就此在保安界传开了。有人说对对吴讲义气，有人说这叫乱出气，江湖老一套，如今只能帮倒忙。

这以后对对吴消失了一段时间。他去干什么，很少有人关心。人们料想对对吴一把年纪，也做不出什么世面了。有的说对对吴跟着亲眷去做小生意了，也有的说在医院碰到对对吴，他好像在当护工，给人擦屁股。又有人说他在当挂号黄牛。总之是一些混在医院的勾当。人们的经验是，对对吴离麻将桌远一点，等于离钞票近一点。

对对吴再回麻将桌的时候，人已经很瘦了。人们一看他的样子，头大身体小，眼睛凸出，就晓得绝非当什么护工黄牛了，肯定出事体了。一问才知，对对吴带麦德龙的仇家去医院检查，不想仇家挨了打，只是小问题，对对吴自己身上倒是查出了大问题。

电机厂的人却是这样，心里吓一跳，嘴上并不说出来。他们问完了，仍像平时一样招呼着。

稀客啊，对对吴，好久没来啦。来来来，打几圈顺顺手。

对对吴也不推脱，一个人让出，他就势坐下。馄饨店的人，生老病死见多了，便不当回事，主要是当了也没用。人生一副牌，本来就手气差，做到这一步，只好由它去了。行有余力，不如把眼前这一局摆摆挺括。

于是对对吴仍像往常下班后一样，泡一壶浓茶，打几圈夜场。只是改成了每周一三五来，二四六不来，这三天他要上班去。上班的意思，就是去医院化疗。对对吴仿佛一只掐了头的苍蝇，在医院和礼同街之间来回飞动，一天跑去吃苦，一天回来放松，行程十分严谨。大家也并不多说。对对吴不在的时候，人们只当他去城外远地方值班了。对对吴来了，该赢该输，照打不误。对对吴也仍旧专攻他的对对胡。他对这戏法有一种几近虔诚的信仰，好像多做出一局，就能多活一天似的。

直到有一天打不动了，他就再没来过了。

人们到此才终于开口，在麻将桌上说起了这桩事体。

哦哟，怪不得天天吃可乐，肚皮里老早出毛病啦。

香烟烧得太凶么，老来是要受苦的。

真不晓得这一架打得算好还是不好嘞。

他们一边搓，一边说，心里却是很虚的，总害怕哪一天坏事落到自己头上，老蟹就变成死蟹一只了。可要是真落到了，也不过就像对对吴这样，活一天，搓一天麻将。活不动了，就两手一甩，两眼一翻，躺着等死，倒再也不用上班了。想到这，人们心里也就舒服了。

◇◇◇ 八 ◇◇◇

对对吴生病之后的一三五麻将，葛四平碰到的机会不多。对对吴住进医院，葛四平下了班，反倒能隔三差五去看看他。有时带一碗店里的薄皮小馄饨，有时空着两只手，总之从没有水果提篮这种空噱头。

葛四平一进门，对对吴叼着香烟的嘴就动起来了。

哟。今朝不搓麻将，跑到太平间来做啥。

对对吴躺久了，头转不过来，话是朝着天花板说的。听起来含含糊糊，是因为唇上夹着烟。医生关照过，老吴再也不可以抽烟了。他死活不肯，苦苦哀求，医生讲，嘴巴里叼一支是可以的，只要不点火。这叫做杀杀瘾头。于是对对吴便靠这一口滤嘴的气味吊精神，除去吃饭，躺着也叼，上厕所也叼，护士若过来摘掉，他就像不肯吐出奶嘴的小孩一样，要大吵大闹了。

葛四平讲，你钞票很多嘛。医药费不够贵是嘛，还有的来浪费香烟。先给我点一支！

两个人讲起话来像对峙着两把剌刀，又是发子弹，又是戳人肉，没一句中听。不明情况的人，还以为是仇家专门来泼冷水的。

葛四平走过去，看一眼病床边对对吴老婆红肿的眼，就晓得对对吴又发脾气了。他把桌板翻下来，馄饨放上去。喏，三囡叫我拿来的馄饨。要我是不会给你带的，饿死算了，吃进去的力气都拿来翻面孔，浪费。

对对吴刚想回嘴，身上忽然痛得不行，抽搐起来，整张脸是变形的。他死死咬住香烟滤嘴，啊啊乱叫了一阵，打过止痛针，总算缓过来了。他讲，葛家门里，还是老大姐待我顶好。帮我谢伊。我么，这歇先不吃，屁股躺得烂掉了，长疮了，要翻个身擦一擦。

对对吴老婆便起身帮他擦。老婆擦重了，对对吴又一阵啊啊乱叫。对对吴身体不好，喉咙仍是响的。

葛四平在一旁讲，痛啊，叫阿嫂拿一百块红钞票给你擦擦屁股么，就不喊痛了。为啥呢，主要都痛到心里去了。

一屋人听到这话，都笑出声来。对对吴抬起头来骂道，赤逼。

对对吴老婆见葛四平来了，正好下楼吃个饭。走前关照葛四平扶对对吴去上个厕所。两步路走了半分钟，对对吴站稳，朝门外讲，年轻的辰光，小鸡鸡像消防栓一样，龙头一开，水哗哗哗地冲出来，现在是好了——对对吴没说下去，就这样靠墙站了几分钟，脸涨得通红，胡子根根竖起，一滴水也出不来。

葛四平在门外假意吹起口哨，厕所里稍稍听到几滴声响。

回去坐好，吃馄饨。葛四平给对对吴讲起店里最近的事。比如麦德龙的仇家又来搓麻将了，他晓得对对吴不太好，就问，要不要也来看望，毕竟同事一场。对对吴气得香烟掉下来。

看啥看！要不是托伊的福么，我不过每天白相相，到死也毫无痛苦的。叫伊滚远点！

葛四平讲，好好好，不叫伊来。其他人都讲好了，肯定要来的。

吃完饭，对对吴躺下，摸了摸下巴，意思是要剃胡须了。葛四平递过去，对对吴伸出一只极细的手臂，机器在脸上呲呲地响，两块巴掌肉扭动起来，好像故作出怪表情给人看。对对吴瘦得一塌糊涂，皮松肉垮，骨头也缩了。他瞪出一双眼睛讲，四囡，这趟不用比了，胖肯定是你胖了。

葛四平的声音轻轻的，他讲，放心好了，慢慢会好起来的。

对对吴听了这话，眼泪水滚出来，把香烟滤嘴都泡软了。

对对吴老婆一个电话打到葛三囡馄饨店里，讲对对吴的大限到了。

葛四平回头，一个眼色，三桌人统统起身穿上衣服，朝外面走去了。

赶到的时候，病房门口已经站满人了。医生不在，宣称无能为力后，便识相地离场了。留下几人哭哭啼啼，几人叹气，还有几人靠着墙边打电话，通知更多的人前来哭啼和叹气。

对对吴的肠子又梗住了。坏东西长在里面，肠子就容易变细，吃了一些硬的，不好消化的，或者什么都没吃，平白无故地，都有可能粘连堵塞。小堵，喝点可乐，一口气顶上来，也就顺畅了。中堵，吃点泻药，一股作气排出去，也太平了。碰到大塞车，推几针急救，插几根管子，好比在小区后门凿个洞，瞒屁股也有路可走了。如此以后还是堵，上不能进，下不能出，阎罗王就在两三个红绿灯以外了。

这些道理，对对吴早就同葛四平讲过了，灶头间的下水管道发了霉，要么烂在里面，要么水漫金山。出了事体，两样都不好看。他心里清楚得很，只是掐不准时辰，这和胡牌是一个道理。

对对吴讲，听张听张，说穿了就是听天由命。四囝啊，我这个人，早已经听张了。

葛四平挤进前排，对对吴家眷都在跟前。只见他歪歪扭扭躺在白床上，人瘦得连窄小的病床都显得十分宽绰。望过去，好像是馄饨店的药纸上躺了一只蟑螂，动弹不得。走近点闻，又像是葛三囝扔在卫生房里的一包剩菜，身上有一股发酵的臭味。两只眼乌珠空空的，不知望向哪里。嘴唇间仍夹着一支烟，微微颤抖，向周围人发出还活着的信号。

对对吴看到葛四平，讲，四囝来了啊，你看我像只啥。

葛四平说，两索。

错，明明是麻雀。

对对吴一双眼睛直勾勾地看着葛四平，声音也抖了，四囝啊，要胡掉了，帮麻雀点支香烟好吗。

葛四平眼泪水哗哗哗滚下来。骂道，啥辰光了，屋里厢着大火了，还要吃香烟。他走过去，从上衣口袋里掏出打火机，手一遮，点上了。

对对吴老婆本想夺下，却被葛四平一把拦住。他讲，让伊吃，让伊烧一支再走。

这支烟烧得很慢，对对吴从被筒里伸出一只手勉强把住，唆一口，吐三口，香味四溢。每一口都仿佛能缓解腹中绞痛似的，眉头随着呼吸舒展和紧皱。一支到底，对对吴讲，四囡，我肚皮饿死了呀，他们怕我肠子不通，不准我吃进去，结果不吃进去，仍是不通。你说，叫我去做只饿死鬼，像啥道理呀。

葛四平转身问对对吴老婆，几天没吃啦。

对对吴老婆伸出三根手指头，总想着不吃么，能慢慢好转来，谁想到。她不再说下去。

葛四平手一招，馄饨店的三桌人齐齐走出去了。再回来，各人手里拎着好几只塑料袋。葛四平桌板一翻，东西一放，叫对对吴自己打开，坐起来吃。

对对吴一只一只打开，眼泪水啪嗒啪嗒落下来。只见盐水毛豆、蜜汁烤麸、小葱拌豆腐、松花蛋、糟门腔、香酥爆鱼、烧鸡、鸭脚板、鸭舌头，能在市面上现买的冷菜和熟食，葛四平几乎都买过来了。对对吴盯着它们发愣。过了一会，馆子店里的响油鳝丝、葱爆河虾跟雪菜黑鱼片也炒好拿上来了。再远的招牌菜肉大馄饨，也有人送进来了，还带来了葛三囡的家酿酒。桌上床上摆满了塑料饭盒，香气扑鼻。

葛四平讲，来，敞开肚皮吃。

对对吴眼睛发亮了，手上却一动不动，生怕打翻了哪个菜。他空张着嘴，喉咙口咕咚咕咚地蠕动，像只田鸡。对对吴太久没有尝过这些东西了。

他仍盯着桌板发呆，讲，四囡啊，我太苦了，前段日脚过得太不值了。

葛四平搬了板凳到旁边，喏，大家陪你一道吃。他招呼众人上前，自己则率先动筷。对对吴也开动了。一动，就失控了。东抓一口，西挑一筷，动作越来越迅速，嚼起来声响大极了。眼泪鼻涕齐刷刷掉下来，脸却笑得变形了，灵光，灵光。他一面吃进去，一面受着腹中绞痛，啊啊啊地乱叫。

对对吴晃动着鼓鼓的下巴，四囡，这趟吃进去就出不来了。你看我像不像貔貅。

葛四平讲，那你最好多吃点人民币进去，这点菜不值几个钱。众人边吃边笑。

对对吴少许有点撑不住了，边吃边呕，吐完仍旧拼命往嘴里塞新的。他开始喝酒，依次敬过房间里的人。对对吴讲，真真笑死，结婚的时候我给每一桌敬酒，死到临头还要再敬一趟。

葛四平讲，你放心，以后我们每年还要回敬你一趟酒，逃不掉的。

对对吴大笑，对对对，是这个道理。

对对吴敬完一圈，给老婆也敬了一杯。对对吴讲，我吴光宗这世谢谢你了，来世甭再寻我了，苦头吃足。

对对吴老婆哭得站不住，被儿子扶着坐下。对对吴又敬儿子。

一个钟头过去，对对吴吐得不行了，再也吃不进了。他肚子太疼了，只能躺下。对对吴老婆帮他重新盖好被子。人们觉得辰光差不多了，上前道别，纷纷离去。

对对吴没气力了，葛四平帮他剃了最后一趟胡须。葛四平讲，好了噢，吃也吃饱了，面孔也清爽了，甭再想着痛了，痛过这一次，下趟再也不会痛了，听见吗。一觉醒过来，哪里都是好吃好喝，麻将随便搓，香烟随便拿，你就开心了，晓得吗。

对对吴痛得说不清话了，拼命点头，眼泪水哗哗哗掉下来。他张着嘴，啊啊叫了两声，葛四平有数了，掏出一根烟放进对对吴嘴巴里。

所有人都走了，对对吴躺在床上，他觉得自己手上这副牌算是真正听张了，做得交关漂亮，外挂三摊碰，一摊杠，手里独剩自己这一张百搭，既是对对胡，又是大吊车，随便一摸，就胡了。

对对吴含糊地哼着，大吊车，真厉害，成吨的钢铁，轻轻地一抓就起来，哈哈哈哈哈……

一根烟在嘴唇上颤巍巍地晃着。

 十

吴光宗感觉自己肚子不痛了，下地穿好鞋，出了医

47

院，径直往礼同街的方向去了。约莫正是中饭边，马路两面搭出露天台子，坐满了人。有人喊，对对吴，过来坐！他不睬，只顾朝里走。馆子店飘出各种各样的香味。闻闻看，清真牛杂汤，蟹肉煲，白斩鸡，盐水鸭，素面，连同水产店的腥气，都混在一起了。对对吴却一心只想着菜肉大馄饨的味道。耳边油锅的声音是很清楚的，但更清楚的是麻将的声音。刷，刷，两手一撸，就是几十只麻将牌相互碰撞的声响，紧接着是搭牌的声响，啪，啪，每一垒都很有力道。然后是甩骰子的声音，摸牌和筑牌的声音，十分清脆。

吴光宗觉得奇怪，自己明明正在赶往馄饨店的路上，怎么眼前看得清清楚楚，手上也已经开始做牌了呢。他一边跑，一边摸牌。对家已经出了，他瞄了一眼上家，没反应，又看了一眼自己的牌，大喊，碰！对家讲，不得了啊，对对吴，开门就碰，啥意思，要把我们全都关到门外吗？吴光宗笑，孵瞎讲，四囡在，我不敢乱来的。他取一张牌，推出去，瞄了一眼下家，那人理应喊一声，吃，然后推出两张，宣布自己要做大了。可是他听到了"吃"字，却始终不见下家有动静。吴光宗想，一定是自己跑得不够快，还没看到麻将桌上的全景。他拼命跑，两边的店面都有点糊了，油锅的声音也渐弱下去，忽然变成了葛三囡和自己老婆的声音。葛三囡讲，你多吃点，辛苦了。老婆讲，我不要紧，大姐自家想开点，不要太用心事。两个人说完，便一同哭了起来。

吴光宗听到葛三囡边哭边讲，半夜三更，谁会到公共厕所里去呢。一直到六点，扫地的人走进去，四囡身体已经僵掉了。

吴光宗吓了一跳，他冲着下家讲，四囡，出牌呀，出牌。下家不响。接话的却是麦德龙的仇家。他瞪着眼睛讲，对对吴，你来做啥，出去，出去。拿着扫把就把吴光宗赶出去了。

门外是很臭的。吴光宗望进去，不见四囡，只见葛三囡和自己老婆仍在哭，几桌人仍在打牌，神仙一样。他抬头望着葛三囡馄饨店的招牌，白乎乎一片看不清楚。又看了看左右两边的墙，雨水常年从屋顶淌下来，留下了一道道斑驳的印子，细看看，一条深一条浅，蛮吓人的，好像一张布满泪痕的脸。吴光宗盯着墙壁看了一会，越看越觉得这张脸像葛四平。

他说，四囡，你下来呀，站在墙上做啥。墙上的印子却越来越密了，那张脸也愈发收紧，显得痛苦不堪了。

吴光宗醒转来的时候，眼前是白茫茫的一片。身上仍是痛，话也讲不出来，想咽一点口水，竟然咽不下去。他想，阎罗王理应走到自己脚边了。

他听到阎罗王说，心梗这种事体，上趟厕所工夫，眨眼人就没了。吴光宗吓得啊啊乱叫了几声。

随后便听到了葛三囡和自己老婆的声音，老吴，吴弟。

吴光宗看不清脸，只管问，四囡呢。

葛三囡讲，吴弟，四囡搓麻将去了，今朝不来。那声音是轻颤的，哽咽的。说完，两个人就走出去了。走廊上传来微微的哭声。

吴光宗仰面躺着，他懂。他觉得自己好像坐在小区门口的值班亭里。天快暗了，周围很安静，再过一会，就有人来接班了。吴光宗想好了，那人一来，他就讲，四囡啊，还是你厉害，没想到这副牌叫你先胡掉了啊。

话讲出来，却被肿胀的喉咙堵住，化成了一摊呜呜呜的哭声。

美芬的故事 03

◇◇◇ — ◇◇◇

　　美芬不想玩水果消消乐了，她眼睛酸得很，按灭了平板电脑，端起碗朝灶头间走去。

　　两菜一汤，美芬一个人吃起来是交关省的，假如其中有一个是荤菜，那定要吃满两天再换。不过按今朝的饭量，估计连着三天也吃不光了。美芬一狠心，抄起筷子把菜统统刮进垃圾桶。碗放掉，出来抹台子，手机叫个不停。六点了，排舞小姐妹在群里喊集合，美芬不睬。这是她微信上唯一每天活跃的群聊，大家沟通向来都是用喊的。美芬按一条语音，后面的就依次播放起来，美芬平时一边听，一边汰碗。汰好了，围裙摘掉，走到文化广场去跳舞，八点敲过再回转来，雷打不变。可是这几天她实在没心情，语音不想听，碗也不想汰。排气扇正对着底楼窗台，野猫叫一声接一声飘进来，心更烦了。美芬草草收拾了水池，两只手往围裙上胡乱抹几下，朝房间里走去。

美芬贴床沿坐下，打开衣橱，两只手指头一路拨过清一色灰旧的衣服，跳到最里面那几只挂得笔挺的防尘袋，望进去隐隐是红的。美芬拉开拉链，一套正红色连身裙，锁边翻领，喇叭袖口，一条长长的白毛斜襟上镶两粒金线盘扣；一套绛紫红夹棉唐装，毛边袖，收脚管，领口缠着一条细纹丝巾；再一套改良短款旗袍，无袖，收腰，裙边开衩，外搭镂空坎肩，穿上去显山露水的那种。

这三套衣服，哪一套见亲家穿，哪一套在酒席上穿，美芬前前后后在心里搭配来，搭配去，不知多少遍。美芬盘算，时间是吃不准的，碰上春秋就穿厚的，夏天穿薄的，实在不巧放在腊月里了，就都套上。前不久，美芬又考虑做一条暗色的披肩，她总觉得一身红太招摇了，穿出去要叫人家讲的。但心里面又舍不得去掉哪一样，都是苦心积攒的宝物。三套里面，预备吃喜酒穿的那一身旗袍，美芬顶满意。她在家里试过多少趟了，配一双头面上镶亮片的银白色低跟鞋，不知道比舞蹈队里大红大绿的演出服好看多少。美芬用手机拍下来，几次要传到小姐妹群里，到底还是屏住了。想拍给女儿看，又晓得两个人在穿扮上向来讲不拢，她嫌女儿老气，女儿嫌娘俗气。不过美芬也想开了，又不是穿给女儿看的，她只等着到那一天好好出趟风头，叫小姐妹看了都讲不出话来。

小姐妹们老早就当上奶奶和外婆了。除去自家结婚，人生中仅有的那几桩心心念念的重大事体，也早就共进退过了。谁家儿女要结婚，就一群人约好去拣布料，做衣服。谁的孙子足岁了，又要一道去订酒水，买喜蛋。舞蹈队是个凝聚力极强的团体，四五年里，除了每晚雷打不动的跳舞，定期还要出来唱歌，吃茶，郊区旅游。一个病了，余下的浩浩荡荡去探病。两个争嘴了，拗断一阵，过一阵又讲拢来。微信群里有时诉苦，有时说笑，谁家出了好事体坏事体，人人都晓得，不分你我，要好极了。

可是美芬是分的。美芬不声不响记下小姐妹们在婚礼上、满月酒上穿过的各种款式，领襟袖口，针脚滚边，她都记下了，为的是想好一套顶适合她美芬的行头，等到办大事穿。这件衣服要喜庆，但太红乡气，太暗又老气，要挑一个显年轻又不装嫩的颜色，还要衬她美芬的白皮肤。款式呢，要突出她引以为傲的小蛮腰，又要藏住五十岁以后稍稍失控的小腹。领子的样式，要配合提前想好的发式，盘起来，扎一朵花，还是烫好了放下来，长度大概到哪里。从头到脚，美芬样样都想得周到极了。

这项工程，美芬做了多少年了。退休以后的很多个白天，美芬买好菜，总要绕路去旁边做衣服的街上看几眼。

转到岔口，美芬的脚步就放慢了，一路上细细地望，望到好的，上去摸摸料子，问问价钿。第二天再来望。总算有一天，迎面碰上了中意的款式，美芬连看好几天，动心了。那是一个生意冷清的礼拜一上午，街上没几爿店开门。美芬走进去，说上几句，老板就拿出卷尺来量了。美芬伸长手臂，摇头讲，人老了，肚皮大了。老板摇头，阿姐身材绝对算好的。隔几天，美芬衣服做成了。她没有叫上小姐妹一道去拿，这是一个秘密的开始。

美芬把秘密挂在衣橱最里面，每趟换衣服，总要掀开来看一眼，拍拍挺。小姐妹们盛装出席的场合中，美芬也留意她们身上的亮点，盘扣，刺绣，珍珠项链，羽毛胸针。回来，她搬出自己的老式缝纫机，也想加点什么细节，又有些犹豫，会不会画蛇添足，落得俗气。她最不要看小姐妹身上那种带大花图案的款式，却又免不了也喜欢领口的刺绣小花。美芬想不好，几次做成了，迟迟不敢缝上去，就摆在一个饼干盒里，渐渐又扔了些胸针、耳环进去。美芬把铁盒藏在防尘袋底下。年长日久，等到防尘袋从一只排成三只，铁盒就盖住看不见了。

那袋子里的鲜色，同美芬的日常衣物并置，几乎是一个天一个地。美芬平时穿得暗沉，即便夏天，也尽是一墨色的汗衫和踏脚裤。舞蹈队里几次演出，穿上大红大绿的裙衫，美芬有点不适应。小姐妹们却说，美芬身材顶好，就应该多穿穿亮堂的，紧身的，叫做老来俏。美芬只低头笑。负责化妆的小姐妹叫美芬抬头呀，抬头呀，她许久不肯抬起来。人家只当她害羞，并不晓得，美芬是想开去了，一想到女儿婚礼上，她美芬穿着红衣红裙走到小姐妹那一桌敬酒去的样子，就不情愿被打断了。

◇◇◇ 三 ◇◇◇

这场景离美芬最近的一次是在半个月前。吃过夜饭，女儿来电话，出差顺路，月底带毛脚回来看她。又补一句，打算结婚了。美芬平静应了几声，好，好。等对面电话一挂，美芬慌张冲进房间，朝衣橱坐下，不动。再立起来，换了个人似的，汰碗也笑，锁门也笑。晚上跳舞，人家都问，啥事体这么开心。美芬讲，电视剧演得太滑稽了。

第二天，美芬大扫除，走喜帖街，翻记下人情的小本子，忙个不停。她想，快也快了，趁女儿跟她讨论之前，先把各种事考虑起来，用上自己办事体的经验，也用上小姐妹们的。隔几天忽又想起毛脚是香港人，是不是家里风俗不一样？美芬怕坏了人家礼仪，却不晓得跟谁打听。小姐妹们办的都是本地喜事，没她美芬家这么稀奇的。一想到这，美芬心里有点不定，又有点得意。

女儿回来前关照美芬，家里不用开伙仓，外头吃饭。饭桌上女儿和毛脚一边，美芬一边。毛脚普通话蹩脚，更听不懂母女的地方话。两个女人轮流往他碗里夹菜，斯斯文文的人推脱不掉，只好闷头吃。母女俩自顾搭话，美芬问一句，女儿答一句。你来我往，打的都是擦边球。美芬坐不住了，啥时候办事体呀。

就领个证，不办了。

为啥呀。

我们不欢喜搞这种。

还补了一句，这边房子小，我们不来住了，那边也不大。美芬听得懂，意思是叫你美芬别过去住。

往后呢，总归要人照顾的，你们没经验，两个人忙不过来呀……要么——

不要紧的，我们就两个人。女儿打断她的顾虑，意思很明白了。

美芬两片嘴唇好像叫马桶塞子吸住了，一时答不上来。她想不通，好好一桩事体，怎么变成这副样子。

这下什么都没有了。过完周末，年轻人拍拍屁股回去上班了，留下美芬吃不进，睡不好。不办喜酒，在小城人眼里，随便嫁到哪，就算是豪门皇室，讲出来总归是不体面。以后人家问起，怎么答，已经结好了？不声不响的，喜糖也没吃到。人家还当是和你感情生分了呢，叫美芬多少坍台。

美芬想了一圈，越想越尴尬。末了回过神，望着眼前，猛拍一记大腿，要死噢，这几件衣服还要来做什么。

去吃别人喜酒穿，太过隆重，是要抢人家父母的风头吗。平时出门穿，更加不好，皮松肉赘的老寡妇，穿得风风火火，走在路上要给人家讲闲话的。再说，车间里几个老同事，美芬心里有数，都想搭走拢班子，微信里隔天来搭讪的，帮忙抬米搬油的，眼睛盯得牢。叫他们看去，又是什么想法。

美芬越想越气，好像路人的闲话已经传到她耳朵里去了。啪的一声关上橱门，瘫到床上。美芬扭头看旁边两只枕头，抄起一只就往墙上的遗照扔过去，老死尸，全怪你，你不出这笔钱么，伊也不会心思野到这个地步了。

枕头砸中一张削尖面孔，小眼，黑皮，停留在四十七岁。

◇◇◇ 四 ◇◇◇

下岗工人里有一句话叫作"男保女超"。男的当保安，女的当超市店员，十个下岗双职工家庭里，七八个是这种搭配。美芬夫妻随大流。

美芬老公从前常常调侃，同他一辈的人，响应号召晚婚晚育，下岗倒是迎面乘上了头班车。三十不到结婚，四十出头下岗，自谋生路的大有人在，混吃等死的也不少。美芬老公会做人，很快升了领队，再后来就调到保卫科去当小领导了。美芬还在超市里做，点点货，收收钱。两个人都是三班制，倒来倒去，每周有好几个晚上是见不到的。二零零六年夏天，台风刚过，美芬老公轮岗值班，美芬正在收银台打瞌睡，被手机吵醒。接通以后不到一个钟头，美芬就成了寡妇了。美芬老公的电瓶车开在下班路上，一部杀头摩托车从后面抄上来，天色太暗，贴得太紧，直接把美芬老公甩出去了。人从环城绿化带被捡起来的时候，浑身都散架了。美芬拿到一笔赔偿金。

放在十年前也算是一笔巨款了。人家都讲，美芬老公是拿命给母女俩买了一笔生活费。捧在手里滚烫，精明的人劝美芬去投资，买个房也好。亲密的人却同美芬讲，这钱万万用不得，性命抵来的，人家见你想得开，过得潇洒，要在背后戳手指头的。美芬不敢，只好存定期，像是从老公的遗体上挖出了一个器官，放到银行冰冻起来。美芬对女儿讲，阿爸什么都没有，就留这点给你当嫁妆。只是一年年过去，这嫁妆越来越显不出分量了。

好在女儿是争气的。话不多，成绩倒一向很好。考大学，读财经，拿奖学金，不用美芬出什么气力。她下半辈子的腰杆，全靠一个女儿直起来。人们谈起美芬，总要先讲讲她苦命的老公，继而话锋一转，讲这个万事省心的女儿，最后总结道，美芬老来不像我们，为儿子孙子发愁，美芬苦过了，女儿一毕业，什么都不用愁了。

结果女儿毕业前没找工作，悄悄申请出国。这些美芬并不晓得。两人一个不愿多说，另一个不敢多管，四年下来，话愈加少了。结果学校都录上了，奖学金却不够多。

女儿只好开口，头一遭跟美芬要钱。美芬想不好。照说过去这么久，拿钱来用不再成问题，只是担心，以后女儿再开口要嫁妆，恐怕就不够了。两人商量，最后折中去了香港。

这一去将近五年，嫁妆没用空，反倒还有剩的。过完头两年，女儿寻到工作，就不用美芬再出钱了。精明的人劝美芬把剩下的拿去理财，以后把嫁妆补回来。美芬这次照办了。只是女儿赚了钱就忙，难得回家一趟，隔几天又走了。带来的尽是美芬没见过的东西。平时寄点什么过来，叫美芬吃，叫美芬穿，叫美芬用新手机。美芬戴上老花眼镜，包装纸举到老远，还是看不懂。手机上问，女儿匆匆答几句。美芬想，现在年轻人上班真是吃力。就拍下来，一样样放到舞蹈群里，大家讨论。晚上小姐妹们吃过饭，先去美芬家里看高级东西，一副副老花眼镜戴起来，啧啧啧称赞不停。有时直接拖上自家儿子来装新家具，新电器。观赏完了，再拥着美芬一道去广场上跳舞。

美芬好福气啊。小姐妹们一路传开去。美芬每趟都把吃的分给舞蹈队的孙子孙女。谢谢美芬外婆呀，大人敦促小孩。小孩只管在队伍间跑来跑去，美芬只管看着他们出神。

◇◇◇ 五 ◇◇◇

美芬把枕头捡起来，放好，走到小房间里。和十多年

61 ⋯⋯

前差别不大，玩具摆在床头柜，奖状贴在墙上，书桌压着小时候的照片，一切还停留在女儿十八岁以前的旧样子。好像五点半一过，还是会有小姑娘回家来，吃过饭写作业，九点喝牛奶，第二天赶头班公交去上学。再反应过来，怎么，女儿明明已经离家七八年了。这些年里，女儿读的什么书，上什么样的班，美芬搞不清，她只觉得自己从四十几岁到五十几岁，生活上并没有多大变化，怎么女儿现在走的路，叫她美芬越来越看不懂了呢。

美芬拖出写字桌底下的实木凳子，找纸片垫住脚，不晃了，美芬再站上去，打开一个十分古旧的黄木箱子。里面躺着好几套全新的寝具，鸭绒被一条，薄毛毯一条，夏天真丝床单被单一套，还有美芬自己缝的枕巾。样式是老的，大红色，亮黄色，面上绣着百子图，鸳鸯戏水图，美芬摸上去，布料滑得不得了。有些是单位发的，也有送的和买的。美芬精挑细选，留下好的舍不得用，藏了多少年，想以后拿到女儿新房子里去，盖个好兆头。怕发霉，每到换季好天气，美芬就搬出来吹吹风。又不想邻居见了大呼小叫，只偷偷晒到白场上去。人们看到了，也不晓得是谁家的。结果有一年，晾着的一床被单叫野狗撒了尿，留了印记，美芬气得要死。只好洗一洗，自己用。女儿休假回来，看到美芬床上换了鲜亮的龙凤图被套，哟，换新的啦。

美芬听了很高兴，你喜欢呀，喜欢么，等你成家了也给你搞一套。其实橱里早已备下了。

女儿不响，走出去了。

美芬现在回想，要是从前两个人能多讲讲这方面的事就好了，也不至于现在这样措手不及。可是真的回到从前，两个人又怎么可能敞开肚皮讲话呢。美芬老公走的头几年，一个更年期守寡，一个正在反叛年纪，两支炮仗吵得不可开交，万事都能点火。后来女儿离家读书，两个人隔得远了，微信里，电话里，讲话反倒不再生碰碰了，你一句我一句，不紧不慢，但若讲到什么要紧关子的事体，离家的那个不再说下去就是了。到现在，彼此客客气气的。只是美芬觉得，这客气里多的都是生分，一个不想多答，另一个也不好多问。不问不吵，谁晓得两个人的心思差到这么远去了。

吵架这桩事情，美芬很多年不曾重温过了。家里就一个人，同谁吵去。但这确实是她前半辈子再熟悉不过的一件事了。老公在的时候，天天和老公比谁喉咙响。女儿在的时候，两个人处处要争嘴。回想起来，为了什么早就记不清了，不过是买米买油，穿衣减衣之类，那些场景却随时能在眼前滚动，只是火气全然不在了。现在的小姐妹群里，时不时总要有几个人闹别扭，骂两声难听的，见面冷着脸，退了群又拉回来，美芬从没卷入过哪一场冲突。美芬想，一个人一辈子能动的气大概是有限的，前半程用多了，后面就怎么也光火不起来了。

美芬踮起脚，伸手往箱子底摸，被单下还藏着好几块零布头，都是从各处淘来的好料作，印碎花的，印小动物的。美芬听小姐妹说过，现在的纸尿裤不卫生，还是老法的尿布顶实用。脏了洗，干了穿，结实又省钱。她想好了，以后有了孙辈，这部老式缝纫机就不要了，去买一台新的，用不着脚踏的那种，做尿布，做衣服。尽管心里舍不得，从前老公女儿的衣服，哪一件没在这里加工过。可是一想到自己把尿布一块块甩挺，撑在竹竿上晾出去，美芬觉得值了。人家一看就晓得，美芬家像样子了，有老有小，齐全了。

现在什么都不用换了，美芬心里难过。买台缝纫机，隔几十年还在你身边。养个小孩，长大了就飞走了，而且一样都不给你留。真是气煞人。

美芬摸到一双小袜子，拿出来看，像个金元宝一样，小小的，放在手心里正好展开。每次走在路上，看见人家童装店挂在门口的小衣服，做奶奶的小姐妹总要拉她进去逛逛，见好就买，从不手软。美芬也喜欢得不得了，也想买呀，只是吃不准女儿以后生男生女。小姐妹就说，不要紧，先买双洋袜好了呀。

白袜子，虎头袜，脚踝上带花的袜子，不知不觉，美芬已经买过好几双了。她伸手，一只一只去摸，碰到一个冰冰冷冷的东西。翻出来一看，挂铃铛的金手镯。美芬忽然站不稳了，头昏眼花。她后悔了，吃饭那天怎么忍得住，怎么能不问问清楚就放女儿走了，叫她后半辈子找谁去交待啊。这只小手镯，女儿小时候戴过。前几年美芬重新拿到金店去打，做做新，以后小孩一生出来，就算外婆送伊的见面礼。

美芬摇着小铃铛，好像戴着它的那只小肉手已经挥起来了。美芬眼前模模糊糊的，凳子在脚底下晃起来了。

美芬赶紧关好箱子爬下来，想要打电话问清楚。她准备好了，就算吵一架也行，至少让她晓得个道理，为什么不住一起，为什么不办酒水，喜糖、喜帖、婚纱照，人家不是都有的吗。就算这些都不要，小孩为什么不养呢。她美芬省吃俭用，以后都给你，你倒叫我留着养老，算什么意思呢。

这时桌上手机响了。正好女儿来消息，已落地。

美芬盯牢屏幕上这三个字，几乎要盯出火星来。她想，就是这些知面不知心的话，搞出了现在这么大的事体来。

美芬抖着手指，戴上老花镜，几个字打了又删，删了又打。急躁起来，索性按了一串语音过去。最后超时了也没说完。

美芬瘫坐着，不敢听自己说了些什么过去。手机仍在不停地响，全是舞蹈队的消息提醒。

隔了两三分钟，女儿回她，我结婚不是为了下一代。

隔了两三秒又补一句，也不是为了妈。

美芬噎住了。吵不起来了。女儿现在的口气不像以前了，很平和，平和到没有商量的余地。一切由不得她美芬来指点了。美芬说不下去了，眼泪水啪嗒啪嗒掉下来。

过了一会，美芬的手指在屏幕上滑来滑去，选了一个"知道了"的表情发过去，她讲不出自己为什么这样做。

对面很快回了一个带爱心的表情。补上一句，自己保重身体要紧。

◇◇◇ 七 ◇◇◇

美芬勉强站起来，把凳子放回书桌底下。美芬看到玻璃板下夹着女儿小时候给她写的过年贺卡，亲爱的爸爸妈妈，新年快乐。还有这些年从外地寄来的明信片，上面总是写，妈妈身体好吗，我很好，很喜欢外面的世界。

外面的世界，外面的世界，美芬想，外面到底有什么好的。这些年在舞蹈队，人人羡慕她有个见世面的女儿，万事不愁。她是心里有苦讲不出，只羡慕一家三代人挤在小小的屋里厢。舞蹈队的孙子孙女，美芬个个都喜欢得不得了。小姐妹拍她肩膀，勤急勤急，往后你去大城市管小孩。这下要命了，她怎么跟小姐妹开口讲，我女儿不要和我过，也不要小孩。叫她们怎么看她。

美芬想着即将到来的晚年生活，身边没人，一辈子跟着舞蹈队混吗。小姐妹们个个有小孩要管，忙起来都像个陀螺。她忽然觉得自己就算死在家里都没人知道。美芬想起了那些年纪不大就去住养老院的人，还有那些老了重新找伴的人，有几个看上去过得也蛮好，也有几个被子女大骂老不检点，或是走拢班子为了财产闹僵掉。这些美芬从来都没切身考虑过，她怕闲话，怕走在路上接到别人使来的眼色。

美芬不知怎么想到了裁缝店里那个老板，五十出头，羊毛衫穿得考究。几趟衣服做下来，彼此熟络，老板一口一个阿姐叫得软糯，做起事体来却相当干练，不像她死去的老公，话说得响，行动拖泥带水。每趟美芬抱怨自己身材走样，老板就在旁边安慰，阿姐身材绝对算好的，同二十来岁小姑娘不好比，放到三四十岁队伍里还是稳赢的。美芬心里暗喜，这种话听起来适意，又不至于马屁拍得没道理。不像有些人，说得虚头虚脑，或是敷衍了事。美芬想起来，老公从没讲过这种温柔的话，问他好看吗，永远都是头都不抬就回一句，好看。

来的多了，老板也会泡壶茶，两个人坐下来讲讲话。一个讲自己怎么下岗，怎么出来做生意。一个就静落落听。有一次，老板竟讲起自己老婆同人家相好的事体，美芬吓了一跳。可美芬不讲自己独身，也从不带小姐妹一道过来，她总是悄悄来，看看衣服。老板讲，像阿姐这样清高的人现在不多啦。美芬不敢响。

美芬想，如果跟老板讲讲自己的事，老公怎么没的，女儿远在外面，在你这里做的衣服都没地方去穿，老板会怎么看她美芬呢。噢哟哟，发昏了你噢，美芬忽然拍了自己一下，真真齆面孔，人家几岁你几岁，讲出去笑死人。老板的影子就此散开去了。

美芬又想到了几个老同事，得了好东西特意叫美芬到公交站来拿的，年底发了油米专程开车送到家门口的，美芬心里怎么会不晓得。还有跳交谊舞的几个人，老是夸美芬身材好，喊她一道白相。舞蹈队的小姐妹讲，跳交谊舞都是别有心思的呀，她们看不起。美芬怎么可能过去。

美芬把各种不着边际的幻想都戳破之后，对自己的晚年生活做了一次小小的预想。她的人生步入六十，没有老伴，没有儿孙，剩下的只有那一笔老公留下的、女儿没用完的嫁妆了。

◇◇◇ 八 ◇◇◇

美芬躺在沙发上，手机还在不停地跳消息提醒，楼下的哀嚎一声接着一声，没完没了。从灶间望出去，野猫的身体紧紧贴着底楼窗户，那声音像小孩在哭，又像老太婆在埋怨。

三天了，野猫还不肯走。美芬朝下面扔过烂果皮，砸过酒瓶盖，对方无动于衷。前几天，这只母猫把小孩生在人家车库里，夜里出去寻食。回转来，人家已经把窗户关上了。母猫进不去，只好死守在外面。那户人家似乎并没发现。路过的人讲，小猫没得奶吃，熬不过一夜。第二天，路过的人讲，小的撑不住了，大的就走掉了。谁想到这猫白天叫，夜里叫，喉咙都变调了，还是不肯离开。

　　美芬不想动，任由这两边叫得她头昏脑涨。今天又不去跳舞了，连着三天缺席，小姐妹要来关心了。美芬呀，这两天在做啥呀。她们肯定当做美芬相中了毛脚女婿，办正经事体去了。美芬该怎么说呢，她想不好。

　　正好家里电话响了。美芬大哥打来的。说母亲上厕所摔了一跤，住院了。美芬母亲中风十多年，起初还能自理，岁数大起来，近两年连下楼都吃力。这次再摔，大哥套用医生的话，恐怕是要常年瘫在床上了。美芬大哥还要接孙子，忙不过来，叫美芬赶紧过去。

　　这个点过去，恐怕就是叫美芬陪夜了，大哥一向节省叫护工的钱。美芬想，恐怕以后也要她天天去服侍了。可是有什么办法呢，大哥有儿有孙，家事缠身，她美芬光杆司令一个，她不去谁去。这几年里，母亲生病，哪一次不是她帮忙排队，挂号，看诊。母亲住院，擦身，倒尿，换药片，哪件事不是她亲自上阵。护士和病友看到了都会说，养女儿好呀，还是女儿才贴心呀。美芬笑笑。美芬想，等我老来，不晓得多少尴尬。

大哥临挂电话，多问了一句，怎么样，毛脚还可以吗。

美芬说，蛮好的，蛮稳定的。

好好好，那就好。你抓紧过来吧，妈这边急。

正好有理由跟舞蹈队请假了。美芬在群里说了一声，从衣橱里拿出一件黑压压的羽绒服套上，戴上口罩，锁门下楼。

◇◇◇ 九 ◇◇◇

母猫还在叫，美芬走过去，它没逃开。美芬把脸凑到窗户前面，小猫竟然也在叫。好几只挤在角落的水果箱里，看不清楚头脸。还没死啊，美芬讲。

美芬重新上楼去，敲敲邻居的门，没人开。也许他家出远门了。那没办法，美芬摇头，怪谁啦，只能怪你挑的地方不好，触霉头了。

母猫仍贴着窗户叫，小猫回应起来本就是很微弱的，隔着窗户，更加细声细气了。美芬站着看了一会，她忽然想起来，女儿很小的时候，从花鸟市场偷了一只刚出生不久的小白狗，养在车库里。美芬下班回来，扬起手就是一巴掌，叫她还回去。女儿不肯，美芬拎起盒子往外一扔。隔一夜，狗就死在家门口了。那狗的大小，毛色，就跟这只母猫差不多。

　　美芬看了眼手机，大哥在催，转身朝自家车库去了。她推着自行车出来，停在门口，打了点气。打完起身，觉得腰也酸了，头也昏了，索性在风口站了一会。二楼灶间的排气扇呼呼地响，只听一声爆炒，蒜香、醋香，老头子的香烟气味滚滚而出，接着是油锅铲子相互碰撞的声音，电视连续剧的声音，小孩在地板上跳绳的声音，以及这只母猫的哀叫。美芬想，自己待在房间里的时候，好像从来没听到过这么复杂的动静。

　　美芬忽然朝母猫走去。她走过去，提起打气筒往窗户上一敲，玻璃碎了一地。母猫吓得逃开，没几秒，立刻冲了进去。

怪脚刀的故事 04

◇◇◇ — ◇◇◇

怪脚刀的真名叫什么，小区里恐怕没几个人说得上来，我只隐约记得他姓诸，诸葛亮的诸。

一问起那个打牌打得很凶的人，大家就立刻反应过来，噢，你说怪脚刀啊。然后伸出一根手指往老年活动室的方向戳一戳。

这个凶当然不是坏的意思，是打得勤，瘾头大。好比我们说小官烧香烟烧得凶，就是讲他烟抽得厉害，搞得传达室常年乌烟瘴气。怪脚刀的香烟也烧得凶，不过他顶凶的还是打牌。不单单棋牌室归他管，就连这个名字，也是打牌打出来的。

那时候流行打一种"原子"，发牌前抽到一张什么，就规定它是刀，这个刀是单张里最大的，作抢分用。打完数一数，分多则赢。怪脚刀门槛很精，打一副原子，眉头一皱，嘴巴上早早放起烟幕弹，哎哟！这下完了，清一色小牌。手里却暗藏一把单刀，留到最后压分用。有时靠这一手赢下来，人家就沉着脸骂，不上路，玩阴的。怪脚刀得意地赔笑，一边主动拢牌一边招呼着，来来来，下一副，下一副！但更多时候并不如他所愿，打到最后，偏偏死在自己这把刀上，偷鸡不成蚀把米，吃相又难看，人家就笑他，怪脚刀啊怪脚刀，一把刀砸在自己脚上咯。怪脚，就是零头的意思。

响亮的绰号传开，这招就不管用了。但凡和谁打牌，人家心里有数，怪脚刀又要笑里藏刀了，便早早提防着，你有刀，我拿原子炸你，让怪脚刀回回都死在自己一把刀上。

后来怪脚刀索性不打原子了，改打红十、拖拉机、斗地主，照样动足脑筋要赢。有一阵专打麻将，没有一把刀，怪脚刀只做单吊、自摸、对对胡，大家都吃不消怪脚刀，讲他胃口足，一心要做大。人家讲，打牌好比炒股，如意算盘打得越精，风险也越大，赢得快，输起来更凶。好在老年活动室是禁止赌钱的，不然怪脚刀定过着股民一样前脚暴富后脚倾家荡产的日子。

每天打到最后一局，赢了，怪脚刀春风得意，朋友，明朝再会！

输了，怪脚刀就不当你是朋友，明朝做掉你！

然后回身去够八仙桌脚一只热水瓶，往他的运动水壶里灌满这天最后一壶开水。那水壶本来是透明里带点蓝，和盖子一墨色的，茶渍多年不洗，渐渐就脏成了黄色。茶水总是浑的，被冲过十几回合的碎茶叶又一次被开水烫得四下逃窜，拼命翻滚，最后没了力气，就慢慢沉下来，变成小时候那种养蝌蚪的泥浆水，瓶底含着颗颗杂质。等到把最后几个老头赶出活动室，怪脚刀关掉电器，锁好门窗，拎着这一壶泥浆水往回走。

打——道——回——府！

临走前这句固定台词，怪脚刀是一定要开国语讲的。他的声音很扁，却很响亮，常有人说他太监喉咙。怪脚刀就拎起两条看上去更像太监的细眉毛，同时往眉心皱去，回之以一个更响更扁的笑声来反驳，帮帮忙，听听清爽，正宗老爷喉咙好吧！他迈着外八，细脚杆底下拖着两只船一样肥大的旧篮球鞋，一对削尖的肩膀前前后后地来回摇摆，好像真的有很多侍卫簇拥在老爷周围似的，风光无限地回府了。

赢不赢，路上的人一听老爷的口哨声，心里就有数了。那口哨吹得欢的时候，比老爷的喉咙更尖更细。

◇◇◇ 二 ◇◇◇

不过每天早上，怪脚刀确实是像老爷一样被人簇拥着出门的。

大约八点多，几个老头吃过早酒，冲好头开浓茶，人手拎着一只玻璃缸杯，站在怪脚刀家楼下，曲项向天歌。

刀啊，刀啊，快点下来！

多年叫下来，老头们早已习惯省去前两个字，代之以更亲热的称呼。路过的邻居见势也凑热闹瞎喊：

怪脚刀，抓紧啊，上班要迟到啦！

怪脚刀就从六楼窗户里探出个秃脑袋，一副扁喉咙喊过去，来嘞！

遂听见门"砰"的一声关上，接着是裤腰带间那串钥匙在楼道里飞快盘旋的声音，好像谁沿着楼梯摆了一串长长的电光炮，一点着，电光炮就噼噼啪啪从顶楼开始往下炸，炸到头，就炸出了一个站在楼梯口的怪脚刀：一张上下分明的脸，上半部分是小眼，秃顶，高额头，下面挂着半圈络腮胡，皮夹克，皮手套，腋下挟一个空的运动水壶。

怪脚刀深咳一声，歪头朝草堆里吐了口老痰，走走走！就和他们一道朝老年活动室走去，迎着早上八九点钟的太阳，新一轮激烈的益智锦标赛又开始了。

怪脚刀好几年没空吃早茶，每天早晨雷打不动，要送孙女上学。有时回来晚了，又上楼拿东西，几个老头在楼下催得紧。怪脚刀就从六楼放出一个高音喇叭——

等一歇！

随后从窗口扔出那串钥匙，一头扎着买菜的红色尼龙袋，像一顶小小的降落伞。但是钥匙多重啊，伞还没撑开，啪的一声，就摔进了老头眼门底的草堆里。他们捡起钥匙，扯掉尼龙袋，拍拍上面的泥灰，就先去活动室开门了。

这时六楼又传来一个高音喇叭——

哎，先烧壶开水再上岗！

可是老头们哪里有心思烧开水，每天准时在麻将桌前就位，是比从前准时进车间还要紧的一桩事情。要知道，活动室门口还杵着几位早到的同志，搓着手迫切等候上岗呢！

我家就住在怪脚刀家后面一栋楼。没工作的我每日睡懒觉，最烦听到几个老头子喊楼。不喊的时候，他们又要和楼下扫垃圾的，出去上班的人聊天，喉咙扯得老老响，盖上被子也没用。我气愤地想，难道人的喉咙是年纪越大越洪亮吗，于是从被子里掀出一条缝，大叫——

老王，叫他们别吵好不啦！人家上夜班的都不要睡了啊！说得好像我自己也上夜班一样。

老王说，呦呦呦，没良心，老早同学来喊你上学的时候，怎么不见你嫌吵。

小时候读书，每天早晨要和几个住在附近的同学一道走，我总是动作最慢的那一个。七点不到，几部脚踏车陆续汇聚到我家楼下，进入漫长的练声环节。有一个嘴巴利索——

王占黑！你快点！

另一个拖长着喉咙喊——

王——占——黑——你——快——点——好——吗。

越喊我越急，嘴巴里饭还没嚼完，衣服没穿，书包也没理。每个人轮流喊过了，他们又一起喊，像一个合唱团的几个声部，没完没了，没完没了。

有时我实在是太慢了，要做值日生的和要抄作业的等不及，撑脚一踢，就先走了。

后来学校周围抓抄作业抓得凶，我说，要抄来我家抄。他们就把车停在楼下，趴在吃饭桌上抄作业，我在旁边吃饭，这下大家都来得及了。至于要做值日生的，自觉分开行动，这礼拜不带他了。

但是不用抄作业的时候，我家前前后后几栋楼还是得和我一起承受这催命的叫喊。

王——占——黑！

王——占——黑——！

快——一——点——！

这么想想，老头们这几声叫唤确实不算什么，那串噼噼啪啪的电光炮，甚至比不上无数次被按在枕头下面的一只闹钟。

而且老王说，老人说话大声是很正常的，他们耳朵不好，自己听不清，就以为别人也听不清。说什么都用喊的。

现在老王说话也越来越大声了。大清早，他站在阳台上朝对面六楼喊：

怪脚刀，你家两只狗又打起来啦！

于是半个小区都知道有两只狗打起来了。

◇◇◇ 三 ◇◇◇

上世纪九十年代的小区住到现在，有小孩的，小孩都走了，有钱的，看准房价搬迁了。剩下都是些老的，穷的，也有像赵光明这样新加入的外地人。一眼望过去，路上没几副年轻时髦的面孔，若要纠缠起来，却发现没一个好对付的。

小区中间有个老人院，岁数大的，没人管的，都放在里面。老年活动室就造在它对面，一栋两层的平房。二楼是老年图书室，除了四面八方捐来的旧书旧报，还配了几台电视机和电脑。时常有些老人揣着副老花眼镜过来读书，练字，通关，上网，看戏曲频道，也有纯粹过来吹空调的和睡觉的。有时看戏的声音太大，吵了闭目养神的，有时通关的长久霸占电脑，惹恼了排着队等上网的，彼此就要吵起来。一个个看上去颤颤巍巍，喉咙却都响得不得了。小区就找了个从前教书的老太太，有威信，有耐心，专门负责维护和平，也顺带早晚开关。

楼下最早是腾给医院体检用的。一到免费量血压的那几天，看到活动室外面停着辆带十字的白面包车，小区里那些上了岁数的就从四面八方奔涌过去，撸起袖子管，捉住一个穿白大褂的，就朝他伸出一只肌肉松弛的手臂，乍一看还以为是来无偿献血的。后来街道配备了社区卫生院，老人们有了量血压的去处，医院也不用再来。小区就搬来桌椅沙发，端整好棋牌，门外立起一个手写的招牌叫做"老年健康生活区"，预备把一楼开发成休闲活动室。

棋牌棋牌，等到真的开发出来才知道，实际上是个偏义词，功能全都偏到牌上去了，哪有棋什么事。而且玩得动棋牌的人，基本上都不可能来自对面养老院，楼下迅速被小区各路中老年闲杂男性（及女性）霸占，渐渐的还请来了国粹麻将，环境愈发恶劣。

走进"老年健康生活区"一看，乡下烧秸秆一样，乌烟瘴气。昏黄的日光灯管底下，各色香烟——麻将系老头老太如同天庭里的神仙，在烟雾缭绕中游来游去，若隐若现，只有那几个明晃晃的秃脑袋，一座座小山峰似的扎进你眼里。沙发上卧着的，墙角靠着的，围着八仙桌观战的，扒开这些人，你才能看到长凳上坐着的，正在进行殊死搏斗的人——怪脚刀就在其中。两条细眉毛往中间涌去，三角眼眯成线眼，就知道他又在动脑筋了。一局结束，他刚要俯身去够桌角的热水瓶，又忙着搭下一局，只能回过身来摸牌，木塞子就被倒扣在桌上。热水壶冒着浓浓的水汽，和烟雾一起蒸熟了墙上的挂钟，脸上的老花眼镜，和一整排朝南的玻璃窗户。地上看不清，但踩过去软软的，就知道全是香烟屁股。几个老头坐在活动室外面，有徐爷爷，也有从对面养老院散步过来的。有人在里头待久了，出来吹吹风，也给老头们各发一根。徐爷爷就把它们夹在大耳朵上，过一会再抽。

下棋的老人起初是抱怨的，啥意思，我们没地方白相了。可是怪脚刀作为活动室常客，立马站出来讲，下棋的人，你有力气下棋，就应该走到公园里去下露天棋，石头上下棋，亭子里下棋，跑到这里来凑什么热闹。怪脚刀背后人多势众，下棋的嘴笨又老实，只好挪到楼上图书室去，反正下棋不出声音。

于是二楼还是老年图书室，一楼变成了不健康中老年人生活区。

◇◇◇ 四 ◇◇◇

到下午三四点，陆续有人闯进来，一边喊一边找，某某某，回家烧饭啦！某某某，去接小孩啦！兜了一圈发现目标，就把他提前从天庭里抓出去。最幸福的是家里有老伴的，临近饭点，才托小孩进来喊，爷爷回家吃饭啦，可是爷爷还牵肠挂肚这最后一副牌。至于那些家里没人的老头，自己随便弄两口吃吃，每天丢掉饭碗就过来打牌、看牌，到晚也不肯回家。但是活动室有硬规矩，要准点关门的。

老太太关好楼上，又下来催人，好了好了，好走了，明朝再来。

他们还不走，就把老太太搞得不开心，有时甚至要拖到六点。秀才遇见兵，不开心的事何止这些，打牌的人个个暴脾气，莽性格，有时一副牌，几句话，闹起别扭来，管你是邻家还是对家，吵到后来就要动手。

你打得来吗？

你打得来吗？

我怎么出牌要你管啊？

三句话就要掀台子。

啥意思啊你。

你啥意思啊。

几个意思来来回回，又要出事情了。

老太太劝不住。好在怪脚刀每天都来，渐渐就开始扮演调停者的角色。他习惯带两包烟，一包扔在桌上，一包藏在皮夹克内胆里。有人吵架了，怪脚刀就伸手掏出那包高档的，一人发一根，又从裤袋里挖出打火机，主动给人点上。

打个牌嘛，又不来钱，有啥好吵的，消消火，消消火。在怪脚刀看来，只要不涉及钱，怎么都好办。

有时他也拿自己说事，像我怪脚刀，副副牌算得这么精，还不是被人斩，想开点，小事情，小事情。然后搭着其中一人的肩膀走到外面抽烟，或者把他们安插在不同的局里，一派江湖人的做法。

但是今朝吵完，明朝还是要吵要打。老太太说，楼下这种流氓地方我管不了。于是怪脚刀临危受命，成了老年活动室的秘书长。除了化解暴力冲突，每天负责准时开关，烧几壶热水，保管好空调遥控板就可以了。

怪脚刀走马上任以来，活动室一下显得秩序井然。农村干部管农村，他的办法是，把鸡和蜈蚣分开，猫和狗分开，各桌有了各桌的固定班次，便迅速进入了高速生产阶段。那些互相看不对眼的人，既然不在一张桌上打牌，也就不容易掐上了。按怪脚刀的说法，社会主义阵营和资本主义阵营要泾渭分明，才能实现世界和平。

更方便的是，中途闯进来寻人的家属也不用大海里捞针了，只要找到怪脚刀那只亮锃锃的脑袋，他就能飞快起身帮你把你家壮丁捉出去。还有那些记性差的，今天拿错帽子，明天丢了茶杯，怪脚刀总能帮你物归原位。看起来除了包干区卫生管不住，这里的一切事务，如同怪脚刀手上掐着的一副牌，尽在他的掌控之中。

有人就改了110的台词，有困难，找怪脚刀。好像怪脚刀是这地盘的片警。

怪脚刀一听夸奖，又讲起了蹩脚的国语，开啥玩笑，我们联防队的人，他竖起一只大拇指，狠狠地往自己肩上一戳，绝对比现在的民警灵光。

◇◇◇ 五 ◇◇◇

从前小孩不听话，大人就要威胁，不乖，叫联防队捉你去！小孩就吓得半死。

我小时候就吓得半死。在我眼里，警察是正义群体，联防队则是恐怖组织。他们不穿制服，却戴金项链，上班时间不在派出所待着，总是像流氓团伙一样在马路上晃来晃去，看上去一点都不正规。

后来我才知道，所谓的联防队，正如他们看起来那样，其实是支东拼西凑的杂牌军。公安局要建群众联防队，就到各爿厂里去讨人。厂里趁机把自己内部那些惹不起又辞不掉的野蛮角色抽出来，放他们去社会上维护治安，厂里就顺带维护了自己的治安。而这些人通常早年也充当过社会的不安定因素，跑码头的，混江湖的，面相凶煞。以毒攻毒，竟然不失为好办法。怪脚刀就是其中的一员。

在没有协警和保安的年代里，联防队就好比是警察的替身演员，哪里有不安定因素，联防队就被派到最前面去。无事的平日，联防队像活动室里的人一样，路边打打牌，喝喝茶，一有风吹草动，收到命令，他们再慢吞吞地行动起来。街上出流氓了，谁家又吵架了，年关要抓小偷了，群众内部出了问题，联防队都得去插一手。管得好是分内，管不好，还要被老百姓骂。

回想起这段经历，怪脚刀总是很不服气。

随便哪年哪月哪桩事情，我心里一本账清清楚楚。他边打牌边讲，公安局现在那几个小干部算几斤几两，看见我就像不认得一样，真气煞人。

人家拆台，你也就是在里面捣捣浆糊，不打架不受伤，称啥功劳。

怪脚刀更不服了，一副牌倒扣在桌上，认真跟你讲。联防队联防队，关键是要防，你懂不懂。防不住，事情闹大了，那肯定是自家性命要紧。譬如地震来了，你还管人家的死活啊，戆。

联防队队员怪脚刀和活动室负责人怪脚刀一样，只管防暴，不管治暴，真起了冲突就抓紧跑路，剩下的让民警来收拾。

人家戳穿他，又要瞎讲，防什么防，乡下去抓赌你怎么不防。一下击中怪脚刀的软肋。

早年怪脚刀自己也赌博的，乡下抓赌他不敢去，怕眼熟的人认出来，连他一起告发。这种自掘坟墓的事情怪脚刀是不做的，他宁可在街头吹吹冷风，也绝不把自己搭进去。

后来联防队解散了，怪脚刀们又被派回各自厂里。厂里却不再担心内部治安问题了。一来是晓得这群人老了，闹不动了。二来是，闹了也没事，不影响生产——那时的厂多半已经停止生产了。

可是厂里不晓得，闹不动了，怪脚刀们还是可以跟你杠上，跟你没完。

怪脚刀还没退休，但他早就不上班了，偶尔去开个会，报个到。电控厂作为这座城市里苟延残喘的几家国企之一，发不出工资已经不是一年两年的事了。几百个老工人硬撑着不走，就是为了等到最后那笔买断的赔偿金。这是一场关于时间和耐力的比拼，工人们盼着厂子尽快倒闭，厂里则盼着老工人里能多几个提前翘辫子的，好减轻他们负担。谁活着熬到最后，谁就能叉着腰仰天大笑了。

怪脚刀成天一副笃定自己就要仰天大笑的样子，打麻将的时候也常常跟人炫耀自己幸福的晚年生活。他伸出自己两根手指，一根代表厂里买断的赔偿金，一根代表社保的退休金，然后两手一拍，得意地说，老子咬紧牙齿一辈子，最能赚钱的日子就在眼前了。至于社区发给他的那份微薄的老年活动室值班费，怪脚刀早就宣称，到时候要全部拿到外面去赌牌。

还缩手缩脚做什么不来钱的把戏，怪脚刀讲，老年活动，老年活动，不来钱活动个屁啊，赢了是奖励，输了是刺激，打完统统不算数，老年朋友活着还有啥劲道啊？一只脚早就踏进棺材里去了！

说到棺材，怪脚刀又替那些生病早死的工友感到不值，但并非可怜他们，而是一脸不屑。

人这一辈子，活是活给自己的，死么，是死给别人看的好吧，这点道理拎不清。钞票拿不到，别说这几年白等，几十年也算白来一趟了。

他鄙视工友们意志不坚定，要死也没挑个好死的时辰。他讲：

你妈个×，换作是我，管他生啥毛病，只要一天拿不到钞票，老子就一天不会断了这口气！

◇◇◇ 六 ◇◇◇

怪脚刀欢喜在打牌的时候讲话，联防队的事，厂里的事，张嘴就来。若是笃悠悠站在外围看牌，他就忍不住要指点江山，好像电视里那种打牌节目的现场解说员。

呀呀呀，这张牌怎么能这样出的。

哎唷，这步走错咯。啧啧啧。

一听到这副太监喉咙在耳边讲个不停，打牌的人就转头使一个嫌弃的颜色。耐性差的干脆打断他，怪脚刀，嘴巴闭牢！

等到真的输了，怪脚刀就很得意地讲风凉话，你看看，我讲啥，是不是。

到晚临近关门，几个老头还在磨蹭最后一副。怪脚刀就看得很不耐烦。他收拾好各处桌椅，终于走过来，一边观战一边催：

豪稍豪稍（快点），打完滚蛋了。

哎唷，这张出掉么算了，藏什么藏。

若老头还在犹豫，他夺过一副快要赢的牌，朝桌子上甩一垛，又甩一垛，迅速了结持久战。这么一来，原本还想反败为胜的老头更不开心了，骂骂咧咧不肯走。

你们当自己是啥，野战军啊，八年抗战啊，走走走。怪脚刀骂个不停，直到把人逼走为止。

怪脚刀亲自坐镇的时候，就绝不肯讲牌面上的事了，讲了就是泄露天机。所以他像是放烟幕弹，又像是掏心挖肺，坐下来一摸上牌，就要跟你唠叨自己家里的事。六十个平方挤三代五口人，老婆什么事，儿子媳妇什么事，孙女什么事，一张嘴全抖漏出来。有些人爱听，听完还要回去在吃饭桌上讲给别人听。有些人则嫌烦，比如小官。光棍最厌恶人扯家长里短，他忍了几副忍不过去了，就骂：

屁话少讲，出牌！

怪脚刀勉勉强强逼出一张牌，继续讲。轮到下一回合，小官又催：

刀逼刀，你用手打用嘴打啦?!

一听这受辱的称呼，怪脚刀也光火了：又不能来钱，还不叫人讲话，那还有啥劲道！一副要甩牌走人的气势。

想赌出去赌！

怪脚刀就不响了。他没钱。何况走出小区打牌，再没人情愿听他唠叨了。

有时并非怪脚刀独自在讲，要是碰到阿金这样的，两只碎嘴巴拼成一对，就变成说相声了。从国家大事讲到单位个人，讲着讲着，你讲你儿子，我讲我儿子，有时竟也能怄出气来。

阿金嫌怪脚刀的儿子太蹩脚，初中文凭。

怪脚刀就说，我儿子最起码待我好。然后从皮夹克里掏出一包高档香烟扔在桌上，晃一晃自己脚下那双船一样的篮球鞋。

当我戆啊，人家穿旧再丢给你，你还当宝货。阿金非要戳穿他。

两个人就不开心了。

唯一能修补这种尴尬的只有怪脚刀的小孙女。她走过来伸出一只手，问怪脚刀讨钱。阿金就说，宝宝，你爷爷今天输得凶，阿金爷爷给你买。于是掏出一张十块钱塞在宝宝手里。两个人就又能边说相声边打牌了。

尽管遭骂，怪脚刀还是喜欢打牌的时候讲个不停。他说打牌和运动一样，友谊第一，比赛第二，要交流牌技，也要注意交流生活。怪脚刀向来不打闷牌，活动室里，他常驻的那桌总是气氛最活跃的，选手加上观众，十来张嘴讲个不停，比隔壁一台麻将还响。

怪脚刀打牌的时候，赢了一副，他就要哭穷，手头怎么紧，单位怎么不上路，意思是假如算钱的话，这些钱我是理应收下的。若要输了，他就炫耀自己有钱，儿子升级啦，乡下地皮要拆迁啦，好事一桩桩报，意思是不怕输。哭穷的时候，大家就笑他，怪脚刀，快去你家铁公鸡枕头底下偷点钱出来。

铁公鸡实际上是只母公鸡。怪脚刀的老婆下岗以后在超市打零工，每天早晚，一部电瓶车来去匆忙，又要上班，又要烧饭，从不和人多话。休息天在家，不是见她从六楼跑到底楼来生煤球炉，就是提着脸盆水桶去河边洗衣服，然而这些早就不被允许了。

活动室还没建的时候，怪脚刀经常在小区门口或明珠杂货店附近打麻将，几个人支一张八仙桌，搬四只骨牌凳，露天麻将没人管，偶尔小赌小玩。谁赢了大头，照规矩要请客买香烟。若怪脚刀赢了大头，大家就自觉敲瓦片，各买各的。

怪脚刀说，你哪里晓得，这个死老太婆，赢了不说话，照单全收，好像是伊赢来的。要是输了，连骂你好几天，连买彩票的几只铜板也一并没收了，气不气人。

再后来，铁公鸡关照他，不要多赢，小来来，五毛一局够了。怪脚刀睁大了眼睛说，人民币都叫啥，膨胀了，我们打麻将还停在计划经济的物价水平。你们听听，笑死人吗。

就连他家两只狗，怪脚刀讲，本是养给孙女玩的，可是她老婆改不掉乡下习惯，养狗看家，规定只放车棚，不能登堂入室。

借由怪脚刀的诉苦，大家对他老婆的印象，都从"会做人家"变成了"一毛不拔"。以前妈妈一凶，老王就说，呦呦呦，要跟对面那只母公鸡看齐了。妈妈就不响。好像谁要是变成了母公鸡，谁就很丢人一样。

但母公鸡自己似乎并不觉得丢人，她照旧去河边洗衣服，在楼下烧煤球炉，偶尔和几个老太太闲聊几句。邮递员前脚把超市的广告纸一张一张塞进各家信箱，后脚就被她一张一张回收进车棚里，预备卖给收废品的。两只狗坐在车棚外，专门负责看守自家几部电瓶车，怪脚刀一部，铁公鸡一部，小刀一部。

很多时候，绰号和姓氏一样，是可以传宗接代的。某种程度上，越是不上台面的绰号，越有生命力。比如大卵的儿子就叫小卵，萝卜头的儿子叫小萝卜头，赵光明的儿子叫小光明。大家都说，小官要是有儿子，就要叫做小小官，听起来好像"笑笑看"。小官不开心，他说，你们再笑笑看呀！大家就笑得更厉害了。老王从前有个一米七的对象，又高又瘦，人家在背后叫她大凹逼，后来就直接叫老王大凹逼。和我妈结婚之后有了我，人家就叫我小凹逼。我妈讲，小姑娘叫这种名字难难听听。所以长大之后，这个名字就被迫绝迹了。只有在小区里骑着三轮车卖米的那个人，他儿子再骑过来的时候，还是被叫成"卖米的"。我想如果阿金当年也继承到一爿秤店，或许大家也会像称呼汪早迟和汪巧兴那样，称他为汪老板。

怪脚刀的儿子，理所当然要叫小怪脚刀。但是四个字里有三个入声字，念起来太费劲。于是约定俗成的，怪脚刀的儿子就一直被略称为小刀。小刀也是一把厉害的刀。

怪脚刀说，我不要养儿子，我们联防队养出来的儿子，以后不是警察就是流氓。结果他还是养出了一个流氓。

我读小学的时候，小刀读初中。每天放学回到家，从阳台望出去，就会看到对面楼下站着一群小青年，有男有女，身边停着好几部拉风的电瓶车。他们的书包扁扁的，头发黄黄的，还能把校服穿得很时髦，几个人在楼梯口晃来晃去，晃来晃去。那种晃法，看一眼就让我想起我妈口中那些"你稍微躲远点"的人。他们都在等小刀下楼。

怪脚刀和小刀讲话，总是隔着一栋楼的高度。

我记得小刀经常在楼下喊，爸爸！爸爸！爸爸！爸爸！

喊到怪脚刀听到为止，做啥！

帮我书包丢落来！

然后就听到啪的一声，一只书包摔下来。

有时换一个人在楼下喊，亮亮！亮亮！亮亮！亮亮！

喊到小刀答应为止。

钥匙丢落来！

然后又听到啪的一声。

他们一家人好像总是要忘带东西，整的就包个尼龙袋报纸什么的，直接扔下来。碰到散的，竟然能从六楼窗户里吊一个菜篮子出来，像倒车一样，一个人作业，一个人大声指挥：下！慢点！下！最后晃悠悠地到达地面。篮子里有时是一个不锈钢饭盒，有时是一部手机。这种情况常常发生在中饭过后，喊的太久，吵到了午休的邻居。就有人探出脑袋抗议，喊什么喊！叫魂啊！

小刀以一种比怪脚刀还凶还响的年轻人喉咙大骂：关你妈个 × 啥事体！喊得半个小区都听到了。

对方就不敢响了，怪脚刀也不响。

有件事我也一直不敢响。几年级我不记得了，吃过中饭，我妈让我带一盒长得像贝壳的外国巧克力给班主任。走出十分钟，我在桥上碰到了小刀，身后围着那几张经常从阳台上看到的面孔。

小刀走过来，朝我手里看了一眼。我主动问了个好。

小刀阿哥。

喊我什么？

噢！亮亮阿哥。我才想起小孩不能乱叫绰号，赶紧改口。小刀叫诸什么亮，和诸葛亮差一个字。

手里啥东西，拿来看看。

巧克力。我想都没想，话没说完就很怂地献上宝了。

小刀拆开包皮，我心头一拎。只见他的手指沿着铁皮盒子兜了一圈，最后停在某处，自己率先挖出一粒抿在嘴里，又把盒子伸出去，身边每人挑了几粒，剩下的，连同铁皮盒子一起还给我。他说，小凹逼，走吧，读书去。

我就跑了。

到了学校，我也偷偷抿了几粒，多出来的分给要好同学。藏好铁皮盒子，预备带回去装东西。

到晚我妈问，送了吗。

我说送了。我不敢响。老王说过，别人打你，你若是不敢打回去，就别哭着回来找我。打不过，你就自己吃瘪。

我想了想，觉得自己肯定打不过小刀，也犯不着为了一盒巧克力去打。再说，换作上交给老师，我一粒都吃不着，现在托小刀哥哥的福，我自己也尝到甜头了。我干嘛要打他。

所以我选择自己吃瘪。

后来铁皮盒子放在抽屉里被我妈发现了，她骂了我一顿。我还是不后悔，我发现自己不仅吃到了巧克力，还留下了好看的盒子。这一切多亏了小刀哥哥的流氓作风。

但是小刀最流氓的，是他有一天打了他老子怪脚刀。

我不记得是什么原因了，也许本来就没什么原因。总之当时那群小青年就站在他们平时所站的位置，而我照旧站在阳台上。持久的争吵声一定引得很多邻居像我一样，把脸贴在自家阳台或灶头间的窗户沿儿上，怀着兴奋的情绪隔岸观火。

过了一会我看到怪脚刀拍了小刀一记巴掌。

随后就是小刀往怪脚刀身上踹了一脚。怪脚刀摔在地上，没有一个小青年去扶他。

怪脚刀说，你走好了，有本事别回来。

小刀就像电视里的人那样，毫不犹豫地招呼其他人开着电瓶车风风火火地离开了现场。接着我听到近处远处很多次关窗户的响声，没有人喊话。怪脚刀已经自己爬起来，走到车棚里去了。

那时我想起怪脚刀打牌的时候说，我们联防队的人务必要养女儿，不能养儿子，儿子像老子，就一定会超过老子，养出来不是警察就是流氓。所以小刀变成了比怪脚刀还流氓的人，怪脚刀打不过，只好跟我一样，自己吃瘪。

◇◇◇ 八 ◇◇◇

很久以后我才知道，原来在小刀之前，怪脚刀有过一个女小刀。似乎联防队的人养女儿，就能摆脱这种宿命的堪忧。有人说，女小刀很乖很聪明，像怪脚刀的孙女一样，也到了要去上小学的年级。然后被卡车撞死了。

这事情发生在怪脚刀搬来之前。牌桌上的怪脚刀什么都讲，就是没讲过女小刀。不知道的人一直都不知道，知道的人从不敢开口问。直到有一天杂货店的明珠老板娘在外面进货的时候听得了这件事，她肯定吓了一大跳。于是几乎在同一天，小区里好多女人也都知道了。

她们说，怪不得，自从小刀给怪脚刀养了个孙女，怪脚刀就像家里请来了一位神仙，天天供着，百依百顺，一切全包。

那年打完老子，小刀并没有像电视剧里那样，一气之下再也不回家。我想，也许我所见到的，不过是无数次冲突中的一次而已。小刀初中毕业，连技校都没去，直接干了好几份工作，最后在一个带星级的酒店里当服务生。每天朝九晚五，一套西装上身，看起来斯文很多，楼下也不再有杂七杂八的小青年晃来晃去。怪脚刀皮夹克里藏的那些引以为豪的高档香烟，就是小刀时不时从酒店里带回来的。后来小刀当了领班，认识了外地来的女服务员，不久就生了小小刀。他们一家三代五口人，挤在六十平的顶楼，仍然时不时隔着一栋楼的高度喊来喊去。

怪脚刀的孙女都会喊了。爷爷！爷爷！爷爷！爷爷！

喊到怪脚刀听到为止。

爷爷下来白相！

怪脚刀一点也不磨蹭，飞快地跑下楼了。

爷爷也常常在楼上喊，宝宝！宝宝回来吃饭！

小小刀就从某一栋楼后面钻出来，乖乖上楼去。

从婴儿到小学生，小小刀就像怪脚刀身上一只拖油瓶，样样事情都是爷爷拉扯大的。爷爷在小区门口打牌，她就在白场上找小朋友玩。爷爷到杂货店外面搓麻将，她蹲在赵光明家门口找事情干。爷爷在活动室，她就自己上二楼看电视。没有早教和兴趣班，小区里也有学不完的新鲜事。玩到肚皮饿了，她就领着一群小朋友走过来，伸出一只手，爷爷，要买东西。怪脚刀虽然口袋扁扁，宝宝要多少，他向来是一口答应的。

小区里的老头，小小刀个个都认识，嘴巴甜，走到哪里总是这个爷爷、那个爷爷地叫着。于是全小区的老头都变成了小小刀的爷爷，得了什么糖，什么水果，什么稀奇宝物，就要送给小小刀。小官爷爷的小黑狗生了新狗，就抱过去两只给小小刀。

小官爷爷，这两只狗叫啥名字啊。

宝宝，这只叫怪脚刀，这么，叫刀脚怪，好不好！小官笑得直不起腰来。

小小刀很开心，蹲在草堆里玩狗。怪脚刀就也很开心。

无数个白天，怪脚刀和刀脚怪就在小区里跑来跑去，小小刀跟在后面跑来跑去。路上的人喊，怪脚刀，过来！一只狗就朝他跑过去。下班回来的人喊，怪脚刀，好回转了！他们就摇摇尾巴回到自家楼下。有时乱叫瞎吵，怪脚刀就从六楼伸出头喊，不准吵！两只狗就不响了。每天晚上，怪脚刀和刀脚怪睡在车棚里，小小刀睡在六楼，他们也隔着一栋楼的高度。

读书之后，怪脚刀负责早上送孙女上学。一辆电瓶车，小小刀坐在爷爷后面，小书包搁在电瓶车尾箱上。一开出去，怪脚刀和刀脚怪就一路跟着追啊追，像排出两道黑黑的尾气，一直追到小区门口。怪脚刀转头喊，回去！回去！它们不敢穿马路，走回自家楼下，或随便找个地方玩起来，像小小刀还没读书的时候那样，自由自在。

到放学回来，小小刀由奶奶和爸爸接送，有时要去这个班那个班，她总是匆匆上楼，没空和两只已经变成大狗的老朋友玩一会。人一岁，狗七岁，小小刀长成小大人的时间，怪脚刀和刀脚怪已经长成真的大人了。

老王说，宝宝现在不乖，读了书，看见大人都不叫了。老王也是那些送宝物的热心爷爷之一。但他更喜欢和怪脚刀和刀脚怪一道玩，他讲，还是狗好，你喊一声，它大老远也要冲过来朝你叫两声。吃过饭，老王就要下楼去给它们送点吃的，出门散步，也要特意绕过去看一眼。下雨天他站在阳台上，看着对过两只老狗追来追去。追到草堆里，老王就大喊——

怪脚刀，泥地里觌过去！

◇◇◇ 九 ◇◇◇

近几年，怪脚刀反复在牌桌上讲起的是他老婆在乡下的一块地皮。听说政府要征去挖马路，他就能赔到一套拆迁房。这套拆迁房和怪脚刀日日念着的买断金一样，总是感觉要来了要来了，却迟迟没有来。

怪脚刀竖起三根手指，买断金加退休工资，又多了一套拆迁房，怪脚刀两手一拍，大笑，这下好了，有吃有住还有小金库，哈哈哈哈。人家就笑他，啥小金库，都压在母公鸡枕头底下呢。

怪脚刀就说，滚滚滚，到时候就叫伊滚。退休是我退，买断金是我断，轮得到伊来抢。老子缩手缩脚一辈子，以后就要乱来。谁管老子，我跟伊分开过！

可是小金库还没来，怪脚刀就先出了一大笔血，怪脚刀的儿子又结婚了。小刀这次讨了个本地老婆，年纪稍微大一点，长得也要好看一点。比起不声不响就搬过来住的上一个，这一个排场很大，有婚纱，有车队，有录像，肚子也有点大，看起来花了不少钱。据说这算是以前亏待小刀，现在补偿一下。唯一不变的是，婚房还是在六十平的老房子里。总有人讲，太瘪脚了，结两次婚，一套房子都没。但这只是装装样子，婚后小刀就搬出去了，住在新老婆家的大房子里。六楼就剩下老两口和小小刀。

至于那个外地老婆去哪了，怪脚刀讲，我不管他们年轻人的事。反正都搬出去了，他也管不着。何况少一个人，就少一口饭，这一点母公鸡是很高兴的。

母公鸡更高兴的是，小刀重新讨了个老婆，就有机会给她生个孙子。而怪脚刀则一脸鄙视地讲，他们乡下人，天生重男轻女。

联防队的人养出来的孙子会不会也是流氓，这一点怪脚刀好像从没讲起过。他也不需要讲了，半年不到，怪脚刀又得了一个小孙女。他高兴得不得了。

怪脚刀拿着手机里的小孙女照片，像派香烟一样给活动室的人轮流看一遍，像我吗，像我吗。

牌桌上有人问，你家铁公鸡花大价钱讨个新老婆，结果又养个孙女，怎么样，要不要房子卖掉再讨第三个啊。

看牌的人笑得不行，说怪脚刀要变成人口贩子了。

怪脚刀说，帮帮忙，卖什么房子，喝西北风啊。我看么，再来一个还是孙女。我就喜欢孙女。

所幸的是，后来可以生二胎了。母公鸡估计要高兴得叫起来。更高兴的是，没过多久，怪脚刀念叨一万遍的那套乡下房子总算到手了。有新孙女，又有新房，双喜临门，怪脚刀每日春风得意。赢了输了，都夸自己有钱，要翻身了。

有了钱，怪脚刀就想再拉扯一个孙女。可是这次的本地媳妇眼光高，一看怪脚刀这副样子，就坚决不同意把小孩交给他领，非要带回去给自己父母。小孙女不来，小刀和新儿媳也不来，怪脚刀就抱怨儿子被女人拐走了。

儿子不来不要紧，小孙女是心头肉。怪脚刀生气了，那一阵每天都在活动室忿忿不平。他讲，啥叫我这种人，我这种人怎么了，不要看不起人，我们不管是厂里还是小区里，都是正经做人的好吧。

母公鸡就劝他算了，少领一个小孩少一份负担。怪脚刀不同意，他拎起眼睛说，我的孙女，随便怎么样我都要天天见到！

大家就觉得他蛮不讲理。孙女又不是自己女儿，怎么能天天见到。再说你已经带过一个，另一个给别人带也很说得过去。可是怪脚刀偏偏要钻牛角尖，坚决咽不下这口气。小刀每来一趟，怪脚刀就要讲条件讲道理，好几次听到对面有大动静，以为又要打起来了，然而并没有。明珠就讲，你们也要想想怪脚刀，丢了女儿，孙女肯定要是心肝肉啦。

小刀再过来，是来问怪脚刀讨乡下的房子。怪脚刀的回应是，房子给你，但是孙女要带过来，最起码一周管一半。小刀同意了。

乡下的房子给小刀了。可是小孙女并不能常住。来一趟，新媳妇抱怨一趟，这种活动室乌烟瘴气的，小孩可以进去啊。你这两只狗不打疫苗，养了是违法的晓得吗。小孩咬一口不得了。又抱怨他家太小，住了一个住不下两个。每次来都是匆匆吃过饭就走。

小孩再来，怪脚刀就不打牌了，抱着小孩在小区里走来走去，像在四处献新宝贝。可是到晚饭边，小刀下班顺路就要把小孩接走。有些事怪脚刀回不过嘴，他竟然也不想反驳。看起来怪脚刀在小刀面前早没有威信了，小刀说要来接，怪脚刀就只好按时把人送到门口，有时大的小的一起带走，怪脚刀也不响。

怪脚刀没有如愿领到小孙女，现在他像小区里其他老人一样，等着小孩来一个电话，等着他们周末过来吃个饭。来一个电话，吃一顿饭，他就高兴得不行，提前一天买好很多很多菜。

大家说，怪脚刀藏了这么厉害的一把刀，结果还是给小刀骗走了。

阿金总是幸灾乐祸，他讲，老子的房子留给儿子，天经地义，怪脚刀算太精，自己倒霉。

怪脚刀就为小刀说话，都是那个女人出的主意。我老早晓得伊，要我房子，不要我这种邋遢人。

这次怪脚刀砸了刀，还是没赢。

◇◇◇ 十 ◇◇◇

好在怪脚刀还有这间活动室。一个人管一间房，就好像这个人完全拥有了这间房似的。怪脚刀每天早出晚归，他坐在活动室最吵的那一桌上，一边打牌，一边讲话，照旧说自己现在有钱，不怕输，可是没人相信。大家都知道，怪脚刀花了大钱办事情，又没了房子，哪里还有几分钱。但是怪脚刀是自信的，打牌有一种说法，输到空，意味着就要赢个大了。怪脚刀的买断金马上就要来了，退休金也要来了。他的工友里，病死的越来越多了，怪脚刀说，我不像他们，我想得开，又有耐心。那帮贪污东西要从我手里省掉这笔钱，想都不要想。打牌的人就接话，怪脚刀出怪牌，我们看不懂。

母公鸡还在楼下回收广告纸，多收一张，就多一分钱。杀鱼，杀鸡，母公鸡从不在菜场里杀好，她把鸡绑在楼下的大理石长凳上，从车棚里拿出一把刀，自己磨，自己杀，流出来的血总是淌了一地。路过的人就只能绕行。碰到爱干净的，放出话来，

杀完拿水冲干净阿，腻心。

不要紧的，避邪，避邪。母公鸡笑着回话。

小小刀也搬去住大房子了。六十平的房子变成两个人住，宽敞得很。再宽敞，车棚里的两只狗还是不能放上来。怪脚刀每天带着他们来来去去，像一个大爷带着两名随行侍卫。

有一天怪脚刀在我家楼下喊，老王，老王，在家吗！

老王喊他进来，怪脚刀手里拿着一瓶什么药。

小王，你帮大伯伯看一下，上面写了两句啥英文。他们习惯把所有外国字都看成是英文。

我查了一下，德文，大致是治血管软化的保健品。我给怪脚刀讲解了一会，治什么病的，怎么个吃法。他拼命

点头，哎对的对的，亮亮也是这么讲的，但是我想不起来了，哈哈哈哈。怪脚刀笑起来好像含着一口冷风，哈一次就传来嗖的一声。随后他深咳了一下，转身去我家卫生间里吐痰。小眼细眉高额头，他一讲话，额头上就裂开了五六道横皱纹，眉毛带点灰白，眼睛就更细了。怪脚刀开心地讲，他们去外国旅游带给我的。

我忽然又多看了一眼，发现瓶底那个日期好像就是下个月。我指给怪脚刀看，大伯伯，不要吃了，快到期了。

啊？

他愣了一下，嘴张成一个小小的"0"，说完半天也没有合拢。又犹豫了一会，怪脚刀说，不要紧的，我抓紧点，每天多吃几粒，很快就能吃完了。

规定了一天吃几粒，不能乱来的。

保健品呀，怪脚刀说，又不是药，吃不死人的。他拼命摇手，我抓紧点吃掉，叫我家老太婆一起吃。

我就不好说什么。

老王要给他泡茶，他说，不用啦，不用啦，我等会去活动室自己烧。腋下夹着空的运动水壶，陈色很深，看起来像从前烧水铜管里那种一抹一手指的污垢。

我走啦，我走啦。他从客厅走到门口。我突然发现他的脚很小，又短又窄。怪脚刀常年穿着篮球鞋，两根撑船的细竹竿倒插在两只长长的乌篷船上，我小时候总以为他长着一副田鸡的蹼。怪脚刀靠在门边，一只脚上了船，鼓鼓的，一点也不晃来晃去。手里拿起另一只船，稳稳地伸出脚来。

老王说，怪脚刀，这双鞋时髦来。

怪脚刀就笑。一笑人有点站不稳，鞋里有一只纸团掉出来，落到地上。

小时候买新鞋，回家头一件事就要把鞋里的纸团全部扔掉，然后兴奋地把脚踩进去。好像穿了新鞋，自己也有了一副新的身体。

我家老太婆想得出吧。哈哈哈哈。

怪脚刀弯腰把纸团捡起来，塞进鞋里面，另一只脚也飞快上了船。我把那瓶保健品递给他。

一开门，怪脚刀和刀脚怪在门口等着，舌头伸得老老长，像两个守候多时的侍卫。

走了，老王！

他那串钥匙噼噼啪啪地在我家楼梯上飞快盘旋，怪脚刀和刀脚怪在后面跟着，一左一右。怪脚刀晃荡着两只肩膀，好像老爷出庭一样，吹起了口哨，一脸神气地朝活动室走去。

路过的人喊，怪脚刀！

怪脚刀对你哈哈笑两声。另一只怪脚刀不会笑，只能朝你冲过来乱叫一通。

吴赌的故事

05

◇◇◇ — ◇◇◇

　　伊这个人啊，我真的是不想讲，讲一讲是要气死的。晓得高血压，也向来没好好看牢过自己这条命，要么不吃药，要么乱吃，不死掉倒稀奇了。我们心里都清楚，早晚出事。投币箱旁边靠着一个烫头发的女人，看起来四十多岁，一手拎着马甲袋，芹菜太长从里面探了出来，往地上直滴水，另一手叉腰，没好气地朝驾驶员说话。

　　我们都以为死了倒省心了，结果呢，别人都是留遗产，伊死留下一屁股烂债。有些我们晓得的，有些我们从来听也没听过。现在人一没，私人的、公家的、赌场的……能找上门都找上来了，家里出这么个破罐头，前世作的孽。车停靠站，前车门上来几个乘客，女人换了一只手拎袋子，给他们让出一条勉强刷卡的窄路。

　　不过这倒和我没大关系，就是我们阿宝啊，这生这世都要给伊拖死了。不过我们阿宝……等乘客都走进去了，她重新没骨头似的靠着投币箱，继续说。你也知道的，蟑螂配灶鸡，和那个要死的吴赌噢，两个人一副德行，只顾今天吃穿不管明天死活，哭了几天骂了几日，还是照常打牌照常出来玩，这个钱是不知道要还到哪一年哪一月去了。我也不想多说，说出来就是丢丑。好，走了，回头空了说。

终于挨到下一站，女人的身体像触电一样飞快地弹开投币箱，从前门上车的乘客中钻出去，芹菜叶子滴下来的水已经在地上淌成了好几条分支，有一条因为靠站急刹车的原因，正朝后向我渗过来。

吴赌死了吗？我脑子里印出了那个身材高瘦的、脸颊凹陷的中年男人的模样。拎着一个红瓶蓝盖子的热水壶，也是没骨头似的靠在投币箱旁边，眉飞色舞地对着一车人发表演讲。他真的死了？我总感觉，前一阵还在公交车上见过他和驾驶员有一搭没一搭地说话。

死啦，坐在我前面的司机转过头来，就上个礼拜的事，说是脑溢血，一下子回去了。前天阿宝过来，哭得要死，一边哭一边骂，说银行里欠了一大笔。刚才阿宝她妹，你看看也是骂个没完。这个人也是稀奇，活着做不出市面，死了还要拖累人。

哦……我看了一下手表，已经十点多了。如果现在是九点，车上那群认识吴赌或阿宝的人一定会炸开了锅，没完没了地谈论起这条新闻，以及吴赌这个人。

◇◇◇ 二 ◇◇◇

　　九点是个很不错的时间，过了上班高峰，从小区门口的公交站上车，里面很空，见到的常是几个固定的熟面孔，买好菜的老太婆，锻炼完身体的老头子，还有就是我和吴赌这样的闲人。有时大家不自觉地搭起话来，有些则静坐着竖起耳朵听闲话，暗地里囤积和家人的饭桌谈资。我喜欢坐在驾驶员后面的横排座位上，吴赌则喜欢不扔钱直接上车。

　　吴赌有这个本事。似乎他以前开过车，和一两个驾驶员认识，一上车就生猛地打个招呼，哟，今天是你啊！十分随意地跳过投币这件事。要是碰上不认识的驾驶员，他也能化不熟为熟人，轻易转移投币环节。

　　哎，今天阿三怎么没上班啊？

　　哦，阿三在我后面一班车。

　　唔，我们以前一起开长途，那是开得远了，一直要开到……

　　长久下来，这一路的驾驶员他基本上都认识了，而他也从和驾驶员们的搭话中获得了更多其他驾驶员的信息，方便他在乘坐任何一路公交车时都能使用熟人策略蒙混过去。他对各类消息的无所不知甚至让人误以为他也是

113 ⋯⋯

某条线路的司机，然而被戳穿之后，碰到某个伸张公义的乘客看不过去，要求他去补投币，这时他便理直气壮地说：

我们失业工人不扔个一块两块钱怎么了！要你来多管闲事了！凹陷的脸颊上双目怒立，尽显暴民风范。

我没钱！你有钱你帮我投了那么！讲文明讲秩序的乘客最怕遭遇破罐子破摔的人，吓得也不敢多说什么。

然而吴赌并不是失业工人，他陆陆续续干过些临时的工作，只是常常被辞退，理由当然和他名字里的爱好有关——吴赌是他的诨名，所有认识他的人都这么叫。他总是出去赌博，有时夜里赌了白天起不来干活，有时干着活赌瘾上来了，索性大白天旷了工去赌。他还开过长途货运，到点换班了人还在打牌。又跟着家里亲戚做买卖，还是不行，人懒得要死，胆子又小，赚了小钱马上拿去赌，亏了就跑，有债主追到亲戚家里，吓得以后都没有人愿意和他搭上生意关系。似乎最近的一份工作是某个单位的传达室里值值班，白天看看门，晚上出去赌。也估计是这样缺少休息，才会突发身亡。我还记得他自己拍着胸脯，自我陶醉地说：

我吴某，别的都好，就是好赌这件事自己管不住。除去赌，我吴某也算是条好汉了！车里的人都捂着嘴笑，吴赌也站在车头傻笑。

◇◇◇ 三 ◇◇◇

关于吴赌的这点破事，坐九点公交的人都会有所耳闻。作为投币箱边的演讲家，吴赌从来都是话题的引导者，他一般只讲两个主题——揭别人的丑，吹自己的牛。这让我刚开始真的以为他是个成功然而空闲的生意人。至于真实情况，多是之后陆续经由吴赌的家里人和乘客们之间相互告知的。得知了这些，再听吴赌洋洋得意地讲故事，又多了一重看西洋镜的娱乐趣味。

吴赌乘公交车从来不坐，整个人懒散地靠在投币箱旁边。红蓝热水壶拎在手里，或者放在驾驶员旁边，不断地找人说话，说到终点站再下去。似乎他竟不是来乘车的，纯是为了闲聊。站在车头当然先冲着驾驶员说话，有的驾驶员有一句没一句地搭着，有的则专心开车不和他啰嗦。一感到无趣，他就转过来和后面的乘客说话，有那么几个老太婆愿意和他搭话，正好因为他讲的事情里牵涉到了她们的熟人，或因为他帮她们中的某一个抢到了座位。有时没人理他，他倒自言自语起来。运气不好再碰到一个性急暴躁的男乘客，会大声呵斥他闭嘴，那么他只好再侧过身，小心翼翼地重新和驾驶员说话。

吴赌讲话特别大声，最后一排乘客也能听得到。他最喜欢把坊间秘闻讲给一车的人听，巅峰的时候，正巧乘客里有认识故事主人公的，被吊得胃口十足。见有人插嘴提问，吴赌就更加兴起了，一手向后撑着车头的扶手，一手伸出一根手指，眉飞色舞地把个中缘由一桩一件道来。

那个镇长，你是不知道他有多少花头，我们当时去竞标……像旅游大巴里调节气氛的带队导游一样，吴赌把全车人的注意力都集中在他那一根挥来挥去的手指上——只有即将上车的乘客，会因为他站的地方正好挡住了投币箱和刷卡机而投去愠怒的目光。那么他瘦长的身体会朝驾驶座附近挤一挤，待乘客们都走到后面去了，他又继续讲起来：这个角色了不得的，在大人面前装矮人，在我们面前装地主，我最看不起他了……人特别多的时候，后座的乘客看不到他的脸，只听得人群中隔着一个兴奋的声音还在说个不休：

不瞒你说，我完全可以告发他，我手上证据多了……我就是太善良了啊……

碰到兴起的几次，吴赌也会讲自己的故事。当然他只挑好的讲。比如自己事业上多么辉煌，我当年生意做得远了，那是现在这种小老板不好比的……比如自己年轻时有多英俊，开车最远开到哪里哪里。还有就是展现自己全方位的包打听能力：这种内幕我都知道得一清二楚……奸佞的乘客们哪里要听这些高话，直喊着：那你也说说自己的丑事！你上个月不敢出来是逃追债的是不是！车里的人哈哈大笑，吴赌手扶着投币箱，凹陷的脸憋成了一个倒三角——

去！别乱讲！

怎么不是，阿宝上次和我们说了……

伊么，伊么，就会拆我的墙！阿宝说话都添油加醋的，哪里能信啦！吴赌笑嘻嘻地站在前面，司机都笑了起来。吴赌只好立刻扯开去，重新扯到别人的话题上去。

◇◇◇ 四 ◇◇◇

阿宝就是吴赌的老婆，也是个奇怪的人。吴赌，阿宝，阿宝的妹妹，似乎他们一家门都是软骨病不能坐下的，永远站在投币箱的旁边，靠和人讲话打发时间。吴赌只讲别人的丑事，至于自己，总挑些体面的讲。那些不体面的，都由阿宝讲给乘客听。阿宝只讲吴赌的不好，来衬托自己有多么好，至于她的不体面，又是刚才别的熟人那里听来了一些。大家得知吴赌不是生意人，也是阿宝拆穿的。

那时候吴赌老在车里吹自己生意做得远，就有乘客问是做什么买卖的，没想到阿宝笑得前仰后合，伸出一根手指，指着不知道哪个方向。

伊也会做生意，屁都能炒来吃了！

我先是一愣，自己竟然也信了吴赌的鬼话，下一秒发现阿宝的会话能力实在是厉害。

伊做啥生意！伊做的全是亏本生意！输了多少也不晓

得，啥辰光能填平就蛮好了。这个家啊，里里外外还不是靠我撑着。大家起初都觉得吴赌是个大骗子，阿宝是个可怜又坚强的妻子。可是没多久，又听吴赌的亲戚说：

阿宝哪里是个省油的灯，夫妻俩一个在赌场，一个在棋牌室，各玩各的，小孩都扔给爷爷奶奶带，你听得他们俩中间谁的一句话么，咸菜罐头里都会出虫了！一位自称是吴赌表叔的老头这么说，没记错的话，当时他也就站在驾驶员旁边，表情十分夸张的面朝着几个买菜回来的老太婆。

然而有一点是双方口径一致且几方一致公认的，就是吴赌和阿宝从来感情都特别好。不管他们一个人怎么赌怎么吹牛怎么没出息，另一个人如何乱花钱如何不顾家如何当着面贬低对方，他们始终过得异常和睦。有一件人尽皆知的事。

有一年除夕，这两个宝货分头出去赌，天亮回家一算，一夜天输了快十万！两个人就商量着大年初一一道去跳河里不出来了。手拉手走到河边总觉得舍不得自己这条命，才又走回家了呢！

吴赌的亲戚说起这件事时，一车人都睁大了眼睛。可是吴赌和阿宝才不会承认这些，他们最爱回忆的是彼此年轻时的姣好容貌。我那时候皮肤好啊，白的白，红的红，比现在的小姑娘好看太多，别人都叫我小白妹！好多男的追求我，我谁都不理，偏偏就跟这个扶不起的阿斗一路跑。阿宝当着一车人的面夸自己年轻时这么说道：

没办法，长得好看一定得找个长得好看的配啊，伊又高又瘦，头倒是很大的，眉毛煞浓，眼睛煞大……你看看我们儿子，就是集合了我们的优点……对此，吴赌也供认不讳，不过他的描述更夸张，我不光身材魁梧，还有气质，关键是有气质，他们都说我和电影明星很像的。而且我穿着品位也好，最时髦的衣服我家里都有的……你看看我现在五十多岁，形象比起小伙子一点都不差的那是……然而他们从来没有一起坐过公交车，至少我没有碰到过。想想也觉得不可行，一个投币箱旁边只能倚靠一个人，若是这两人一道站在前面，还叫后面的乘客怎么上车啊。而且我也不知道要听谁讲话好了。

◇◇◇ 五 ◇◇◇

看吴赌的长相，基本能相信他年轻时不差。高高瘦瘦，凹陷的国字脸上眉毛有型，眼睛有神，属于上世纪顶受欢迎的男性长相类型。然而他的穿着常常让人感到困惑。有一阵他西装笔挺，头发梳得光亮，腋下像模像样地夹着一个公文包，顶着一副上世纪九十年代成功人士的装扮，昂首挺胸地站在投币箱旁边，自由开始演讲。有时却异常悲惨地披着一件发黄的军大衣就出来了。军大衣旧到没有纽扣，吴赌十分寒酸地在腰间扎了一根同样泛黄的白布带子，手里还拖着一个蛇皮袋子。与之前简直判若两人，问他怎么了，也不说，就是弓着身子缩在投币箱边上，朝车里的人看一看，似乎发现了车内异样的目光似的，底气不足地说道：看什么看什么看，没见过穷人啊。待到下一次穿着西装上来，有人问他怎么差别这么大，他十分骄傲地说：

我本来就长得神气，就是不打扮而已，你看看我一打扮，又是电影明星一个！

不管穿西装还是军大衣，吴赌常年携带一个热水壶在身边。他在终点站下车，汽车调度室里有热水给驾驶员灌，吴赌每次都去蹭一满壶。一边灌水，一边和调度室里的工作人员聊天。说是聊天，其实也就是把他的驾驶员人脉说一遍来套个近乎：

这几天，又来了一个新的驾驶员噢……对对对，就是那条线路上调过来的，也是老司机了……

然而来的时间长了，又常常听驾驶员说起过，大家也都明白了有这么个带热水壶来蹭水的瘦高个子，不再有什么异样的眼神了。至于他灌完水是去上班，去喝茶，还是去赌，驾驶员们好像都不太清楚，至少在这个问题上，他们没有和我说起过，而我也没有趁吴赌的亲戚们站在投币箱旁边演讲时问起过这件事。

吴赌虽然逃票，蹭水喝，严重破坏一部分乘客对车厢内保持安静的需求，然而他也有受乘客和驾驶员欢迎的时候。比如遇到老太婆没有座位时，吴赌就会跑过去骂占着爱心专座的年轻人，凭着一张嘴直骂到他们站起来让座为止。碰到上错车问路的乘客，吴赌会急忙按住投币箱的口子，要去哪里哪里啊，那你不要上来，你乘那辆车，到哪站哪站下……防止他们白白扔错了钱。有时碰到脾气火爆的乘客骂驾驶员，吴赌会像被侵犯了自家人一样，跳起来和乘客对骂，你以为我们好欺负啊，要下车就下，没人拦着你！为驾驶员挽回尊严，大概也因此，驾驶员们都默许他逃票了。车里很拥挤的时候，大家都挤在前面一处，外面的乘客上不来，吴赌又担任起售票员的职责，用他标志性的大嗓门指挥大家：

往里面挤，再往里面挤，你们几个刷好卡往后门进！

凡有不配合的乘客，一定会被吴赌劈头盖脸骂一顿，一旦他们想要回嘴，又会被他那机关枪一样的话语强制镇压下去。有几次我甚至觉得，人多的时候，公交车上是很需要这样一个野蛮粗暴的指挥员。而人少的时候，乘客们也需要一个靠着投币箱讲坊间丑闻的多嘴演讲家。

◇◇◇ 六 ◇◇◇

终点站的前一站，正好碰到吴赌的老婆上车，她戴着墨镜，穿着时髦而且看得出廉价的媚俗衣服，她不认识我，也没注意我。

这个吴有财啊，我真是被伊气死……

还没上车她就开始朝着驾驶员大声埋怨，我并不知道她到底打算向驾驶员诉苦，还是对着全车人诉苦，或许她正在寻找以前那几个眼熟的老听众，她急切地需要给他们讲一讲丈夫死后自己悲惨的日子。总之她像连珠炮一样边发着牢骚边上车，和吴赌一样不投币不刷卡。在她后面排队上车的人显得十分不耐烦，这个女人不仅逃票，还站在门口只顾着说话，碍着大家的路。

我看了一下手表，十点半，她的老听众都不在，或许，她的听众会越来越少吧。吴赌死了，他再也不会站在投币箱前面发表演讲，或者为没有座位的老太婆打抱不平了。想起这一点，我竟然有点难过，吴赌的红蓝热水壶也好像就在眼前似的。至于吴赌的妻子以后能讲的故事，也会越来越不受欢迎吧，毕竟比起各种坊间传闻，人们可并不爱听一个寡妇对还债生活的抱怨。调度室里的人想必也不会因为不见了一个来蹭热水喝的闲人而感到疑心。然而这和我有什么关系呢，我不过是坐着竖起耳朵听闲话的乘客之一。对我来说，唯一的好处是知道了吴赌的真名，这对我的故事的真实性有一定的佐助。可是对于别人来说，知道吴赌的真名叫吴有财能有什么用呢。人们知道他叫吴赌就够了，没有人关心他在身份证上叫什么。

不过现在好了，身份证也注销了，真名在坟上刻下，他的家人也不必记得什么真名诨名了。至于阿宝，我想她也不用记得了，她只要还债就好了。

偷桃换李记 06

◇◇◇ 一、惊蛰 ◇◇◇

雨落得声势浩大，盖过了远处人的哭嚎。满地都是碎纸，黄条的，银条的，人一走过，鞋底就粘上了，风一吹，裤脚管上也缠住了好几条。

客人顾不得，只收了伞，朝专门用品店冲进去。

老板娘开门见山，六十，八十，一百，一百二的，要哪种。

客人顺着她的手指一排排看过去，想不好。

老板娘讲，同伊啥关系。

讲起来我父亲同伊是兄弟，蛮亲的，后来父亲过继掉了，所以我们从小叫伊——

八十的就可以了。老板娘打断客人，点了点对面桌上的便签簿，来，过来写名字，人家叫啥，自家叫啥。

客人俯下身去写。桌前盘腿坐着一个男孩，正以飞快的速度在白纸上写"沉痛悼念"，念字那一点还没落定，笔就抽出来，往下一个沉字的点去了，毫无沉重的意思。靠墙立着一块牌子，"逝者为大，谢绝还价"，八个字横压住一摞"沉重"和一摞"叩拜"——那面上的墨迹还没风干。

墙上一块老黑板，密密麻麻写满了名字。殡仪馆和宾馆，两个词说出来像，实际上也差不多，什么堂对应什么人，几点入住，几点退宿，要哪些服务，和尚唱经还是女人哭，表格里记得一清二楚。周围残留着各种笔迹，敬语的练习，一二三四的繁体写法，几行歪歪扭扭的电话号码和日期。余下模模糊糊的，大约只是洇开来的霉点。板槽底下，一排发票夹上的发票在冷风里翻飞。

老板娘伸手往对桌抽出两条纸，提笔在"沉痛悼念"后面写，伯父大人，瞄一眼客人笔下，紧接着写，陶宝兴，又火速在另一联的"叩拜"上面照搬了客人的名字，相当潦草。写完交给小工拿订书机往花圈上一扎，自己接了个电话。

哎，讲过不收了呀，客满了呀！顶快么，我看看，她抬头望一眼黑板，也要明朝下午了。没办法，三月里熬不过的人太多……哎，对呀，老话讲，过不过得去，开春顶要紧……

花圈自家过去拿，老板娘给客人使了个眼色。手底下验钞机刷刷一响，挺括的红钞票收进抽屉，换一张软塌塌的二十块出来。

可是花圈太大，怎么拿都不顺手，举前面看不见路，举后面撑不到伞。侧身沿墙边走又容易卡住。客人在店门口折腾了很久，自然挡住了后面的生意。

老板娘喊，跑过去好了呀！几步路，淋湿不搭界的！

客人便索性头顶着花圈冲过去了。

跑到灵堂门口，花圈则必须放下了。迎上来两个男眷，帮忙工工整整地抬进去。来客只需戴好黑臂章，在大厅里点三支香，鞠三个躬，走到后厅，绕遗体兜一圈。感情不深的，不必走近，只匆匆瞥一眼，假装瞻仰过遗容了，实际上心思全在来过哪些人、买了哪一等的花圈上。兜完出来，来客从上衣口袋里摸出一份利是钱，换桌上一根利群烟。

这一间灵堂叫驾鹤阁，东西两桌，男眷一桌，烟雾缭绕，吃茶打牌，女眷一桌，炒货蜜饯，玩手机，讲空头，偶尔也有穿来穿去乱坐的人。门口正对着两条狗，正好一黑一白，仿佛是阴曹地府里出来抓人的黑白无常。被抓的人叫陶宝兴。

陶宝兴老人年近九旬，无大毛病，老熟而死，子女并不伤心欲绝。只因生前同子女处不好关系，子女便不愿再费钱雇人念经超度，一切从简，草草了事。大堂里这些人，皆是喊来帮忙守灵的远亲近友，用不着哭悼，只为凑个人气，免得冷冷清清，有失体面。他们只需大概知晓亡者何人，享年几岁，和自家什么关系。以客人身份祭拜之后，便可以留下当庄家了。

嗑瓜子的女客把瓜子壳扔在脚边，半天堆起了小坟包。虽说挖坟不挖新坟头，几个媳妇还是迫不及待聊起老人的生前秘闻，怎么续弦，怎么卖房，怎么去老人病院。男人围着沙发打牌，脚臭也无妨，脱了鞋往那一坐，反正是要守夜的。聋子打开微信视频，朝镜头打着激烈的手语。断手指的老太太闷声不响折纸元宝，像裹小馄饨似的，几秒一个，往篮子里一扔，等集齐多少只，就统一点火下锅了。小孩只管吃桌上的柑橘，花生，鱿鱼丝。老年人讲，灵堂里的东西都是好的，福佑的，故不拦着。客人之间许久未见的，借此场合聊聊私事，一个把另一个拉入老友群，拿出手机，也从兜里掏出了老花镜。

唯独关系好的，舍不得的，昨天守了一夜，躺在角落一张硬板床上睡回笼觉，身上披着的是即将烧掉的老人的贴身毛毯。初春凛冽，风里雨里都是寒气。开一瓶黄酒，给老人家倒一杯，自己闷一口，不知不觉挨到了天亮，见有人接班，便迷迷糊糊睡过去了。

家眷出门解手，顺便买了臭豆腐回来，引起一阵热闹的哄抢。殡仪馆门前的臭豆腐摊生意绝好，几十年如一日。豆腐本是家中死了人必吃的，何况这一家确实手艺灵光，从祖父手里传起，如今已是第三代。原本专做殡仪馆的生意，渐渐做出了名声，路过的人也并不嫌晦气，情愿停下来排队等候。

据说臭豆腐摊的老祖父离世之时，儿孙极孝，一门心思要把丧事办大办风光，结果两代人就地点选择发生了分歧。

儿子的意思，这爿店能生意长红，多少仰仗城南殡仪馆，丧事理应摆下来，敲锣打鼓，念经诵佛，也叫附近的老顾客都来送他最后一程。孙子却觉得此地破旧，亏待了祖父，坚持要花大价钿送去城北新建的殡仪馆。那里有常青松，玻璃棺木，带音响的厅堂，连丧葬用品都高档多了。城里就这么两间，大家都有数，能在城北躺着的，哪个不是富贵命。来参加的，莫不是有头有脸的人物，西装笔挺，表情凝重。小的想借机打响自家招牌，老的却讲，粗人一个，何必逞能。父子俩吵得不可开交。

也是个开春，结果城南率先满客了。死人和活人一样，到底还是没钱的占多数。老的只好依了小的，抬到城北去办高级葬礼，去了些什么人，并不再说起。只晓得之后总有几个小孩在摊边窨井盖上放蚂蚁，说那是老人一边炸臭豆腐一边扔油渣的地方，撩出来的油漂烫死过交关蚂蚁。

臭豆腐的香味从殡仪馆门口一路飘过来，进了灵堂，把沙发上男人们的脚臭都淹没了。嗑瓜子的，吃茶水的，像是工厂里发盒饭似的，全都拥过来了。

吃完臭豆腐，男人们就要抽烟。一个老太太急切地喊，出去出去，覅把老陶的香都搞混掉啦。

外面落着大雨，几个男人只好站在屋檐底下，一根接一根地抽。他们讨论未来的天气。听说近一周都是雨，明朝最大。这对于出殡可是桩难事体。

作孽，老头子死也不挑个好辰光，其中一个讲。

老头子天天听天气预报，专门要你不好过。

好嘞，自家哭不出么，就让老天多落点雨好嘞。

相比之下，对过一间灵堂动静则大得多。白天请高音女花腔前来哀哭，夜里有和尚合唱团超度，这种氛围下，每个走出来的亲属都哭到脚软。再旁边一间，又冷清起来。几个男人吃不消，拖着疲倦的表情出来透口气。彼此望一眼，总觉眼熟，一时又想不起，只好问，你家是谁走了呀。报上名字，便知晓了。

噢噢，是瓦前街陶家门吧。哎哎，对，你是来看……

对方也报了个名字。仿佛是一个地方送来的。于是几伙人便一同商量落雨天如何出殡的烦心事体。

睡回笼觉的人闻到臭豆腐的气味，醒来了。走上前吃，悄悄留出一块，蘸了点辣酱，端过去放在遗像前面，宝兴爷叔，吃噢，多吃点噢。便走去后厅，看看新搬来了哪些人的花圈，又续了长明灯上的油，便走近去看看棺木里的人。

要死啦！

一声粗粝的惊叫，吓得隔壁几间的女人跟和尚顿时凝住了自己的喉咙。人们像工厂出了事故似的，放下手中的活，纷纷围拢过去看。走得慢点，棺木是别想望见了，家属层层叠叠挤在前排。最靠里的人传出话来，吓人啊，老头子换了个人啦。

人群尚未散开，远处一间灵堂里也传出了女人的尖叫。

碰着鬼啦！搞错人啦！

这一声过于惊恐，吓得门口的黑白无常也站起来四处张望了。

◇◇◇ 二、惊蛰前日 ◇◇◇

陶宝兴的早饭照例是白粥拌脆萝卜，不过昨天托护工买了一罐芝麻粉，正好挖一勺放进去，搅一搅，吃起来味道蛮好。只是假牙上沾了不少黑渍，又要难为工夫卸下来擦一遍，差点耽误了准时开半导体。

陶宝兴戴好老花眼镜，拿出压在床板底下的工作笔记和一支削得只剩拇指长短的铅笔，对准"3月4日，星期六"一行字，准备好听写天气预报。

多云转阴，最低气温 8℃，最高 15℃，东北风 3—4
级。明天阴转小雨，有时有中到大雨，伴随大幅降温，最
低 3℃。

陶宝兴的字很大，不知不觉就写满了三行。他把广播
声音调小，另起一页，提前写好：3 月 5 日，星期日，惊
蛰。然后把纸笔塞回原位。

想当年，一个月一本工作笔记，写起来费得很。吃用
开销，日程备注，一家六口人，大大小小事体全在上面，
发票、车票也夹得密密麻麻。年纪大起来，肩上担子变
轻，本子上寥寥几行，无非是开支和天气，偶尔注一笔，
今天谁带了什么东西来看我，还要用红笔描个圈，以示特
别。后来住进老人病院，更是万事不管，只剩下关心天气
了。黄皮红字的工作笔记一打开，竟像专业气象员手册似
的，事无巨细，连节气谚语都认认真真往上抄。邻床老曹
夸他有耐心，陶宝兴摇手，自己心里晓得，纯是打发时间
罢了。

明朝又要落雨了啊，早上起来，被头上还有太阳照过
来，暖烘烘的。陶宝兴想，春天的天气真是乱，怪不得冻
死老黄牛。他的床铺是顶楼最靠河边的一个，位置绝好。
但凡出太阳，最先晒到的总是他。立春过后，陶宝兴愈发
感到，春天确实是来了。一个人若像他这样，像株植物似
的，每天同一时间待在同一个地方，便能够分毫不差地感
受到季节的悄然变动。正月里，早饭后太阳照进阳台，这

几天刚起床就照到了，甚至能扫到他的被头。再过一阵，恐怕一睁眼就亮堂堂了。天亮得早，陶宝兴醒得也越来越早，他戴着全钢手表，歪头躺着，就想看着昨天的太阳比今天来得早了一点——身为一天中大部分时光都在床上度过的人，他很享受这种变化带来的感觉。

一个病房三个床，靠门的床自打上一位初冬走后，再没有新人进来睡。六零一只剩下陶宝兴和老曹两个人。陶宝兴今天率先醒来。起床，竟觉得腿脚十分爽气，就去阳台上浇花。那花几日不管，颇显凋态。去年从家里搬出来，他什么都没要，只拿了一盆映山红和一摞五十年前的申报纸。陶宝兴养了半辈子花草，临了决意舍弃。映山红是亡妻手里就有的一株，这么多年一直养得很好。出门之前，心里到底舍不得，咬咬牙，托着笨重的刻字陶盆带过来了。申报纸是从书架顶上随手拿的，原本只想垫垫衣橱抽屉，不想竟是这么老的货色，就索性留下来看看了。

有时看多了，陶宝兴不禁回忆起交关往事，墙上的大字报，弄堂里的阴阳头，毛主席语录中的一两句话。有时却做起奇怪的梦来，分明是一些未曾亲眼所见的场合，在梦里却这么真实，好像自己亲身回到了那儿似的。

昨晚，陶宝兴又去了天安门广场。他吃完早饭，捧着茶杯，盯牢邻床的老曹醒过来，等老曹吐过痰，穿好衣服，陶宝兴就等不及要讲给他听了。

陶宝兴讲，我赶到的辰光，毛主席已经走了，红卫兵也走光了。满地都是鞋，解放鞋，白球鞋，草鞋，还有臭洋袜，踏烂的标语，旗帜，小钞票，扁掉的军用水壶。我就喊，阿大，阿大啊。没人理我。我兜了一圈，碰到好几个小队，我就跑上去问，你们看到陶立庆了吗。人家都摇头。

我累死了，在金水桥边坐一歇。我们阿大突然坐过来了！伊讲，爸爸放心，我鞋带绑得不要太牢，绝对不会叫人家踩掉的。伊伸出脚，我望过去，大腿小腿上全是鞋带，勒出血印子来噢。

我就讲，阿大吃力吗，一道回去好吗。伊讲，我不吃力，爸爸过来呀，我同爸爸长远不一道白相嘞。讲完伊就逃开去了，我脚慢，根本追不上。

老曹静静听完。老陶，你同阿大多久没碰着面啦。

陶宝兴讲，一九六六年之后伊就再没回来过了。

老曹不响。陶宝兴凑近，老曹，你讲讲看，阿大这趟跑出来，是不是叫我差不多好下去了啊。

老曹仍是不响。心里想到上礼拜陶宝兴身体突然不好，饭也吃不进，尿也出不来，闹到院里发病危通知，家属都来登门排队了。结果喊个护工守了几夜，忽然又好起来了，这几天竟能吃饭走动了。这种稀奇事体，仔细想来，终归不大灵光。

他正要开口宽宽陶宝兴的心，医生走进来查房了。迎着阳台上的风，一袭白大褂被掀得老高，几乎吹到了身后护工的脸上。

陶宝兴，今朝蛮好嘛。自家当心点，不要多走动。医生拍拍他的肩，匆匆扫了眼床边各种仪器上的数据，关照护工，这一床仍要看牢，不好放松。

曹复礼，还是老样子。其他没啥，药要管住，你这个血压，一顿不吃就要火车通高铁的噢——话没说完，护工上前咬了咬耳朵，医生就跑出去了。

隔壁老张昨天夜里走掉啦，你们晓得吗。护工讲，家属没碰到最后一面，围在办公室里，要寻医生算账呢。

护工过来分药。按道理一床一护工，实际上只要老人不瘫痪，护工就能兼管好几个，不知不觉，附近两个房间都在她手里。跑来跑去，钱照拿不误。护工倚在门边听。墙外传来一片哭声，混杂着难听的叫骂。

老曹讲，都是假的，送到这种地方来的，哪个不是等死，谁家里人没个思想准备。老早遗嘱立过，寿衣买好了，装啥样子。我死了么，就叫儿子来收个尸，往城南一放。像我们这种活着受尽苦的，死了也不怕的。

耐这样讲，可怜。陶宝兴讲，年头上老张还讲，三月里要过八十八大寿了，叫我们等着吃寿桃。真真老天心眼细，不肯放过伊。说着说着，眼睛里有点含混。

讲起来，我服侍过多多少少老人，确实是这样子。护工把头探回来，又插嘴，有交关人生出来的辰光和走掉的辰光是很近的。每个人有自家的辰光，方便来，方便走，算是到人世一趟要守的规矩，不然阎罗王不好算阳寿的。护工说起怪力乱神来头头是道，毫无忌讳，全然忘了眼前这两个八十多的老头子也是在此地等待最后一程的。

老曹有点紧张，他自己是八月里的，不搭界，可他仿佛记得陶宝兴也是三月里生的，这就和他搭界了，心里不禁有点发毛。他看了陶宝兴一眼，对方听了并无大反应，只是含着眼泪，擤过鼻涕，重新脱下裤子，坐回床上去了。

陶宝兴吃过药，有点困乏，润了润口，躺下睡觉了。老曹啊，我睡一歇，他讲。衣服裤子仍旧整整齐齐叠好摆在脚后。云雾散开，日头越升越高，阳光铺满了陶宝兴的被子，枕头上也闪着亮光。老曹转头望去，一束光从窗户射进来，一端是陶宝兴瘦得凹陷的脸颊，另一端是天上刺眼的圆晕，难以直视。他自己这边仍是灰暗一片。老曹觉得，两个人好像被分隔在两个世界，但又好像马上会连在一起。闹铃响了，老曹并没按时吃药，打了个呵欠，也睡下了。

老曹醒来的时候，房间里站了好几个人，有白衣服的，有黑衣服的，耳边泛起微弱的哭声。护工讲，蛮好的，走得很安详，早饭也吃过了。老曹转头，发现自己和陶宝兴中间拉起了一道帘子，他看不到对方的脸，只依稀看到阳光下透出一个横躺着的黑影子。他闻到一些奇怪的味道，一点刺鼻的臭，还有一点腥气和潮湿。老曹想，恐怕是老陶身上的死人味飘过来了。护工讲过，人断气的时候，身体里五脏六肺都停工了，就像车间总开关跳闸了，机器里的毒气就开始呲啦呲啦地往外冒。老曹平常总是嫌护工胡说八道，这会儿却忽然有点相信了。他觉得陶宝兴身上的零件都跑出来了，在房间里飞来飞去，灰的，黑的，好多黏附在他的眼球上。

陶宝兴的家人围在一起说话，声音很轻。老曹听起来，好像是陶宝兴脚边围着一群苍蝇嗡嗡地叫。他们叫完了，就把陶宝兴移出房间，开了门窗，那种气味就渐渐散去了。家人着手收拾陶宝兴的遗物。盆栽留下，报纸进了垃圾桶，日用品连同旧衣服统统塞进垃圾袋，预备一并烧掉。没人留意到床板底下的纸笔。

家属走完了，老曹对护工讲，阿姨，这本簿子帮我拿过来。

老曹坐起来，戴上老花眼镜，一页页翻过去。从去年七月，到冬天，到开春，越往后则空白居多。末几页忽然又满了起来。封底有一串眼熟的名字：张作永，沈青松，李全，戴大仙……看完合上。

阿姨，这本簿子送到对门老吴那里去。

搞什么名堂。护工不耐烦地朝他盯一眼，接过本子，走出去了。

好嘞，差不多嘞。明朝又要落雨嘞。老曹稳定下自己的情绪，他看了一眼窗外，又看了一眼陶宝兴的床铺，他讲，老陶不带伞，老曹来送伞喽。话毕，把余下两顿药扔进了垃圾桶里。

◇◇◇ 三、冬至 ◇◇◇

照本地习俗，冬至和清明一样，是要去给死人扫墓的。往年一到冬至，病院里几个老头子就抱怨，气煞人！死人都有人去看，我们活着的倒没人记得了！躺在床上发脾气。要是家人过去看了呢，老头子又是另一套说法，你们这些人，真真没良心，平时不来看我，冬至倒是来了，你们当我是死人啊！下趟清明也来算了！喉咙响梆梆，又翻一次面孔。

难伺候，难伺候，家属们摇着头离开，往后便来得愈发不勤快了。曹复礼就是这样脾气大的老头之一。

所以今年冬至的伙食，较平日是有所不同的。食堂预备给院里的老人做点好小菜，有没有家人来，都要体面地过一过。没想到一去询问，众口难调。

本地老人要吃汤圆、馄饨，北方生的老人则要饺子，还有几个点名酒酿圆子，桂圆烧蛋，讲究点的特意追上来关照，汤水里要加白木耳，红枣，莲心。一间一间问过去，花样百出。有的狮子大开口，纯是来敲竹杠的。有的老来糊涂，耳朵背，脑子也不好。问他，想吃啥。他只当是要过年了，张口就是春卷白酒八宝鸭。食堂师傅直摇头，不得了，造反了，你们这是要当皇帝了，算我这趟自寻苦头吃。

但想想看又觉得老人可怜，活到这把岁数，吃一顿少一顿，师傅讲，说难听点，还有几个冬至可以过呢。老人搬到此地来住，就没想过能再回去，下次动迁，直接搬到坟墓里去了。食堂几个人商量下来，还是要把这桩事体做到底。

所以这天中午，能做的样式都做了。喜热闹的，底楼大厅里办了流水席，聚在一起吃。懒得走动的，餐车一层一层送上去，老人要什么，就拿出什么给他。菜色算不上好，但总归还像点样子。

送到顶楼最里间，陶宝兴和曹复礼正在阳台上说话。六零一前不久走掉一个，剩下这两个坐在一条长板凳上，面朝着河。背影望过去无差，只是曹复礼戴了帽子，陶宝兴拄着拐杖。外面落大雨，顶棚响个不停。西北风一刮，窗上贴满了水珠印子，密密麻麻，晃人眼睛。

开饭啦，师傅喊。两个人转过头来，脸上的老年斑，全都和窗户上的水珠印子一样密。

陶宝兴走回自己床边，拿出碗和调羹去洗。他老早讲好了，要吃馄饨。并不关什么冬至习俗，他只是想吃馄饨，如果有的选，最好是野菜猪肉馅的。从前一家门住在瓦前街，顶开心的事就是包野菜猪肉大馄饨吃。野菜是丈母娘去河对岸挖的，妻子理干净，带小孩一起包，他负责剁肉，下锅。揭开锅，猪油香得不行，他一口气能吃进二十个。这句话过去五十多年，再想起来，好像是上辈子的事了。陶宝兴现在吃到十个，胸口就有点发闷了。

碗递过去，师傅讲，荤馅素馅，要几只？六只素的足够。陶宝兴又顺口问了一句，今朝伙食这么好，莫不是要加钱的？

师傅不响。陶宝兴讲，真的啊。

总归要加一点，不然亏本呀。不多的，往伙食费里扣。师傅调转话头，还要点啥，酒酿？赤豆粥？

陶宝兴摇手，到底还是忍住了，端过碗，坐回床边吃起来。半张馄饨皮子在嘴巴里来来回回打转，像一只羊在嚼草。半当中吐出几个字，好吃，好吃。

曹复礼仍坐在长凳上，板着一副面孔。师傅问，他讲，我不吃，吃不起。

怎么好不吃呢，今朝吃饱了，才能团团圆圆和和气气过冬呀。

团什么圆，反正也没人来看我。你有饭菜来打一份，没就拉倒。

食堂里谁人不晓得这个老曹刁钻古怪，惹不得，便悄悄推着车出去了。

师傅走掉，陶宝兴讲，老曹，真的不吃啊。曹复礼起身，关了房门，闷头往床底下一钻，取出两个尼龙袋，脱了看，一包鸭头颈，两瓶五加皮。

来来来，老陶，暖暖身体，老酒咪一点。曹复礼前几天托护工帮忙买点酒，对方怕担责任，硬是不肯，陶宝兴以为他就此作罢，没想到竟有心托了对门老吴的女婿偷偷带进来。老吴的女婿万事不怕，只要肯塞钱。丈人一个电话打过去，他就夹着香烟笑嘻嘻送来了。

冬至嘛，万事不缺，唯独不能少了这口老酒。照我讲，吃什么进口药，五加皮么，再补没有了！曹复礼把酒肉端到板凳上，取出两只小盅，棉鞋一脱垫在屁股底下，招呼陶宝兴一道过来吃喝。

陶宝兴有点心动，自从住进来，长远没沾过酒了，又生怕喝出事体来，犹豫不决。雨还在下，楼里的老人吃过饭，纷纷入了午睡时间，走廊上静络络的。那一头老曹把五加皮盛在搪瓷杯里捂热，香气渐渐飘过来了。陶宝兴朝地上铺了张报纸，也坐下了。

讲起来，平时不吃，倒不是怕死，主要是吃酒的老朋友都死光了，自家吃闷酒，没意思。还好今朝有新朋友陪我。来，碰一杯。曹复礼讲，我们每天住在此地，这不许吃，那不许碰，浪费钞票，就为了多活几天。但是老朋友都走了，就你一个活着，有啥劲道。我讲么，今朝就算吃死也无妨，趁早下去和那帮老死尸会面了。说完又碰一杯。

我倒也是好几个老友走掉了。但是你讲，要是能碰上这帮老鬼头，肯定也要碰着家里人了呀，我是不想的。陶宝兴嗄了几口，两片凹陷的巴掌肉胀得通红，话也多了起来。

他讲，做个人为啥这么苦，活着要和家里人搞不清，死了还要和死掉的家里人搞不清，真是吃力。陶宝兴老早就摊过牌，自己住进来，主要是和子女闹僵了。他讲，爱人走得早，我同你讲过的，想再寻个老伴，一帮小鬼坚决反对，讲我对不起老娘。可是度日脚缺不来女人的呀，你们不服侍我，还不许我找个人来服侍。谁想到这一个没多久也走了，小鬼就讲我活该，说我是克星。我一气急，索性房子卖掉，住到此地来，一分不留。小鬼气煞，我也气煞。

陶宝兴咪了一口酒，凑近去问，你讲，到时候下去了，两个老太婆是不是都要揪着我耳朵来骂了。夜里睡觉，每想到这个，我就心里发毛。

曹复礼喉咙口咕咚一下，许久答不上话。陶宝兴问，吃得不适意？

曹复礼摇手，哦哟哟，你这样问，我也要心虚了。这辈子姘头没轧，花头倒是出过不少。等我下去了么，恐怕也是要搞不清的。

啥事体。

老早在我们厂，有一个胸脯很大的女人，叫陈媚英，你听过吗。曹复礼低声问。

名字熟的。

这个陈媚英，三十岁没结婚，衣领开得交关低，女同事都不要看伊的。男同事走过去，总归要多瞄两眼。陈媚英就讲，眼乌珠生在人家头上，要看么，我也管不了呀。

陶宝兴笑，每爿厂里都有这种女人的。

我当时在设备部，每天下班要去各个车间检查的。有一天查到陈媚英这里，伊还没走，笑嘻嘻盯我看。我就觉得不对。陈媚英讲，曹同志，你好，摆出要握手的架势。我伸过去，伊啪一记捉牢我手，摆在伊胸脯上面，我心怦怦跳。

陶宝兴两条眉毛拎起来，后来呢。

后来我就伸进去摸了好几把。一直伸到底下，摸到短裤旁边，有毛毛了。外头黄狗突然喊了几声，我吓得要死，马上把手抽出来。我就逃开了。

还是狗懂规矩，后来呢。

后来我每天下班都过去摸，摸完就走，没敢困觉，主要是寻不到宝地。立着么，讲出来难为情，实在弄不好。干摸了几个月，末来才晓得，这个陈媚英噢，每天早上、中午、夜里，都站在那里给人摸的。谁摸到屏不牢，同伊困觉么，谁就中大奖了，伊盯准了要求结婚。

这种办法都想得出，陶宝兴笑。

结果人家不知怎么，晓得了伊被交关人摸过，反悔啦，不肯结婚，还把事体到处讲开去。陈媚英吃不消，就跳楼。你晓得伊跳落来之前讲了一句什么。

陶宝兴放下了手里的鸭头颈。

伊讲，摸过的人自家有数，我做鬼也不放过你们。

说完，两个人都吓得不能动弹。

曹复礼闷一口酒，我不是人，屋里厢有老婆，还去摸别个女人。摸了人家不敢响，我也不算男人。陶宝兴不答，主动给他倒满。转而问，老曹，这桩事体是哪一年。

一九五七年，我第三个小孩刚刚养出。我为啥记得这么清楚，陈媚英跳落去之后，我屋里厢真的出怪事体了。三囡养到四岁半，腊月里，热度发得老高，送到医院，碰着个野鸡医生，讲要打青霉素，打了几天，小囡从此就不会开口讲话嘞，真真报应。

大饥荒么，活过来就不容易了。陶宝兴安慰。

还没完嘞。养到十岁，妇保院寻上门来，讲我这个小囡抱错了，要不要调回来。真触霉头，好端端的小囡，哪会抱错呢。医院就讲，有个小护士家里右派打倒嘞，亲家悔婚，伊受了刺激，精神不大灵光，夜里就专门想出来做亏心事体。你讲，这活脱脱不就是一个陈媚英在作怪吗，我有苦难说呀。我老婆讲，算了，三囡已经养坏掉了，送回去不好。对家一听是哑子，万万不肯要，也不准我过去看小孩，从此拗断。后来三囡自家晓得了，打手势给我看，爸爸，我乖，我不想走。你讲，可怜吗。

陶宝兴不答。三囡现在哪样，成家没。

二零零八年肺里生毛病，一个人孤零零走掉嘞。我这个三囡，讲起就心痛死。五个子女，四个当我神经病，就晓得要钞票。同我顶要好的，偏偏不是我亲生的，还先我一脚去了。真真是我自家造的孽，我一辈子对不起伊。曹复礼的脸渐渐揉成一张废报纸，眼泪鼻涕共同在褶皱里流。

窗外雨变小了，望出去仍是阴沉沉的。风嗖嗖掠过窗檐，发出吓人的声响。室内很暖和。两个人不知不觉吃掉一瓶半老酒，空调一吹，脸颊愈发通红，直红到脖子上，红到额头上。曹复礼擦去涕泗，陶宝兴本想宽慰他心，就主动讲起自己也有个心病，大儿子在文革时候不知去向了。他讲，我帮阿大戴好大红花，送上卡车，阿大讲，爸爸，等我见到毛主席，回来讲给你听……耐不住酒劲上来，人就激动，眼泪哗啦啦落下来。

一个哭，一个也跟着哭。曹复礼也想宽慰对方，转而讲自己早逝的妻子，讲到从前吃醉酒回家打人，小孩护着娘，又泣不成声。两个人你一杯，我一杯，轮流讲这辈子后悔的东西，犯下什么错，对不起什么人，做过什么亏心事休。一桩一桩，几十年烂在肚皮里的垃圾统统吐出来，像地上吃剩的鸭骨头，成渣，成屑，泛着口水的酸臭味。

这辈子做人做得这样蹩脚，真真没面孔去死啊。曹复礼眼泪汪汪，倒满最后两盅，两人碰杯，一口闷，红着脸默坐无言。

门突然开了，两个人来不及收拾残局，吓了一跳。回头看，还好还好，不是查房，是对门的老吴。老吴讲，好啊，两个老鬼，我喊女婿给俫两个人跑腿，俫倒不带我享福。

陶宝兴摆手，还是不吃好，吃进去有滋味，吐出来都是苦水。两人便把先前聊过的事体大致说了一遍。老吴叹气，唉，做人一世，就好比瞎驴拉磨，总有一根绳子捉牢你。活人欠下的债，死了消不掉，到阴间也要自己还上。要么就改名换姓，换个人做。老吴从上衣口袋里拿出一包烟，酒也吃过了，索性来烧一根吧，还管什么规矩。

曹复礼接过就点上了，陶宝兴把它夹在耳朵上。房间里三人默坐，无声响。

曹复礼突然说，老陶，你属啥。

属羊。

我属鸡，差不多活够了。

陶宝兴没懂他的意思。

老吴你看看，曹复礼拽着站不稳的陶宝兴并排站好，你看我们两个有点像吗。

老吴反应快，对着面前的两人端详了一会，个头相当，面相倒也是有几分像的。以后俫两个剃头一道去，就越剃越像啦。

那好！大家一道死，你代我下去，我代你下去。

陶宝兴吃了一惊，怎么个代法。

于是三个人站在阳台上久久地商量着，太平间，殡仪馆，还是火葬场，总之火化前要掉个包。下去之后，你躺在我坟墓里，我躺在你坟墓里，躲过冤家，亏心事不来纠缠，从此便无牵无挂了。

至于三囡和阿大么，老吴做主讲，到时候四个人一道碰头好了。

陶宝兴想不好。曹复礼讲，放心好嘞！到时候死人妆一画，老头子看上去都一样的。我家那帮小鬼，见我恨极，肯定懒得多看一眼，你家那几个，我看也半斤八两。曹复礼的喉咙愈发响起来，好像就要去赴死了。

陶宝兴讲，烧成灰，才叫真的一样呢，连老吴也一样。三个人笑了起来。

商量到最后，就是谁去掉包的问题了，到哪里去找个像当年小护士一样的人呢。两人陷入了沉默，老吴又发了一圈香烟。

老吴开口，你们放不放城南。

肯定呀，平头百姓。

我倒是有个老邻居，绰号叫大头鬼，块头交关大。伊吃好牢饭出来，寻不着好生活，就去城南上班。平时搭在殡仪车里，帮忙搬上搬下。这个人心黑，死人身上的金器都不晓得偷过多少嘞。不如出点钱，叫伊夜里弄一下。

两人点头。老吴便出去打电话。

于是说定，为了能一道死，两人即便都躺在床上不能动弹了，一个人咽气，另一个人也要当场拔管子，不许临阵赖皮。陶宝兴拿出工作笔记，叫曹复礼把亡故的老朋友一个个报出来。他讲，老曹，我要做好准备工作，到时候下去了，碰到谁人，要对得上号，说得出话。曹复礼喝得头昏，一路跌回床边，大喊：张作永一个，沈青松一个，李全一个，戴大仙一个……哦哟，我想不起大仙叫啥名字了……

听闻喊声，护工赶过来，见两个老头子面目通红，满口胡话，地上一堆食渣，两只空酒瓶，气得瞪眼，好啊，流水席不要吃，偏偏要寻死是吧。

护工的嘴巴是很快的，消息迅速传遍了病院，六零一两个老头子违规喝酒。六零三的老吴也连带受到了批评。

曹复礼的酒劲，待睡过一觉，到晚饭边才算缓过来。他笑嘻嘻地说，老陶，我刚刚去过一趟鬼门关啦，同几个老死尸讲好了，有个叫陶宝兴的兄弟要过来，大家多多关照！

◇◇◇ 四、大暑 ◇◇◇

三十八度的天，窗门一关，里头外头是两个世界。

这一头，冷气呼呼地吹。曹复礼搬一条细长板凳坐在阳台上，脖子伸得老长，眼睛不知望向哪边。

邻床的老人已经睡了，响起轻微的鼾声。这栋楼里，大多数老人都睡下了。医生讲，吃过饭，睡一歇是必要的。曹复礼向来不听。他讲，困午觉的老人，都是活腻了，有这点辰光，不如打牌，搓麻将嘞。邻床的护工就刺他，要搓麻将么，你倒是回家去住呀。曹复礼不答。家里的气，他受够了。

四个子女，两个女儿只管吃，不管住，两个儿子，一个推脱家里小，不让住，另一个家里实在是太小，没法住。曹复礼自己的房子呢，拿去卖掉了。三囡生毛病的时候，要化疗，几个子女劝，到了晚期，钱再砸落去也是白费。曹复礼偏不听。子女气煞，一个过半百的光杆司令，救活了又有啥用，不如花在小辈身上，好歹是亲骨肉。这些道理，曹复礼怎么会不晓得呢，可他还是这样做了，只为心里好受一点。

三囡走掉之后，曹复礼靠着退休金，咬咬牙搬出来住了。子女有空，就做饭做菜，来看望一趟。曹复礼发觉，年纪大上去，自己的脾气比血压还难管住。时常好好的心思，一从嘴里讲出来就变了味，叫子女面色难堪，自家也下不来台。渐渐地，子女就不愿多来了。曹复礼想，人活到老，大概要把这辈子学会的东西全部还回去，重新变得像小孩一样，万事由不得自己做主。唯独积在身上的债无处可还，要背去地下了。也许自己再过一阵，就会像房间里这位一样，瘫在床上，话说不清，把大小便也还出去了。

等到饭都不会吃的时候，全还出了，人就撒手走了。曹复礼在此地住了两年，活的进来，死的出去，对这一切，都看得很明白了。

三伏天人到中伏，曹复礼隔着玻璃窗也能感到空气在外面炙烤的味道。从六楼望出去，地上好像点了八百只高瓦数电灯泡，亮到煞白，毫无半处阴凉。眼前是一大片田，风不吹草不动，可农人都晓得，这正是作物在地里疯长的季节。天上的云是静止的，飞机经过，像个风筝似的飘飘荡荡。马路上偶尔有车开过，又飞快离去。这地方离喧闹的市区远得很，一天中会往这里拐进来的，除了殡仪车，也别无其他可以指望了。

曹复礼头颈有点酸，转而朝楼下望。竟望来一辆车，车门打开，驾驶座上的人下来，从后备箱搬出一袋行李，一盆花放在地上。等后座的人慢慢落脚，车很快又开走了。那人穿着白色的老头背心，头戴凉帽，像蚂蚁咬着一块食物似的，托着花盆慢慢往楼里挪。过了一会，又走出来，以同样的方式把行李拖进去。

曹复礼看一眼就有数了，这个人的处境，和自己是半斤八两。

他搬来的那次，是个雨天清早。蛇皮袋给后备车盖划开一道口子，儿子一提，东西哗啦啦全漏出来了，苹果，燕麦，卫生纸，散了一地。儿子不耐烦，讲，不要了，只顾大步朝前走。曹复礼舍不得，蹲在雨里一样一样捡。他脑子里闪现出很多年前搬家的画面，自己借了辆三轮车，小儿子和电冰箱坐在车里，妻子和三囡在后面推。那个早上，曹复礼是落眼泪的。

好在楼里有电梯。隔了一会，六零一的门开了，护工托着花盆，后面跟着那人，浑身是汗，背心全然是透明的了，一脱帽，头发乱得像只搭毛小鸡。曹复礼过去帮忙，把门外的行李袋推进来。他一面惊讶此人独自把这么重的行李拖进楼，一面又惊讶他的行李这么少——一般来说，住进来的老人都是大包小包，把半个家腾过来的。

那人走进房间，被瞬间的清凉吓住了。他讲，这下太平啦，帮自家屋里省空调费啦。

他望着曹复礼笑，曹复礼也笑。两个人简单地认识了一下。

曹复礼没事做，就看着陶宝兴笃悠悠地收拾床铺，物什一样一样拿出来，擦过，再一样一样放好。陶宝兴的物什不多，两只碗，一把调羹，一双筷，一个搪瓷杯，看一眼杯面，就明白是从哪个厂退休的了。余下则是衣服，很少，但是冬天的棉袄棉裤也在了。曹复礼就晓得，此人和自己一样，是没有退路的。这样的老人，楼里总有那么几个。他们走的时候，动静很小。好几天过去了，才有人说起，噢，伊没了啊。

陶宝兴抽出几刀草纸，放进抽屉，又抽出一刀申报纸，和草纸一样皱皱黄黄的，扔在地上。曹复礼瞄了眼标题，吓一大跳，仿佛立刻回到了上辈子。

陶宝兴笑，拿错了，拿错了，甄见怪。

曹复礼取走面上的两三份，掏出老花镜，坐在阳台上读。读一句，人就朝往事靠近一步。曹复礼并没想到过，这些报纸从夏天到冬天，够他消遣掉此后多少个不睡的下午，又够陶宝兴夜里做多少个回去的梦。

曹师傅，不午休啊。陶宝兴收拾好，坐下来歇息。

八十多年没睡过。曹复礼甩手，好像在介绍一种傲人的特异功能。

那正好呀，以后吃过饭，一道打打牌，通通关好嘞。陶宝兴从抽屉里拿出一副扑克牌，两个人就玩起了争上游。

夏日里，两点过后，雷阵雨是常有的。天色变起来很快，八百只白炽灯好像一下被按灭了，云层翻卷，窗外阴沉沉的。听到轻微的轰鸣声，午睡的老人纷纷醒来了。走廊上传来关门关窗的声音。有几个腿脚灵便的，白天把衣服晾在楼对面的锻炼场地，单杠上，双杠上，短袖短裤，鞋子洋袜一一挂满，这时就要抓紧下去收。

对门老吴跑过来，豪稍呀老曹，收衣裳去嘞！

老吴见六零一不声不响来了新房客，转眼又忘了当务之急，跨进一只脚，上来搭闲话了。叫什么，哪条街，哪片厂，三句话一问，就说得出共同认识的人了。

说了一会，闷雷响起来了。陶宝兴放下牌，要么我也下去，给伊吃点雨水。

小事一桩，我同老曹正好帮你搬下去。老吴显出大哥的热情风范。

两个人下楼把花盆放好，云里已经打起闪了。好几件衣服吹落在地上，老吴忙着捡，曹复礼在后面追。雨点啪嗒啪嗒，一个个密密地砸在头顶上，背脊上，曹复礼感到有点痛，头发也湿了，好像一下子回到了那个早上。白汗衫躺在地上，化成了一滩黏糊糊的麦片，怎么也拾不起来。想到这里，他忽然蹲在原地不动了。

老吴喊，老曹，快点走。他心里害怕，曹复礼是不是血压升高，又要脑梗发作了。

这时陶宝兴跑过来，手上拎着两柄伞，他讲，我就在想啊，你们搬了花盆，肯定没手拿了。他把余下的衣裤捡起来，自己戴着有沿的凉帽，把伞撑开了递给二人，曹复礼便慢慢站起来了。曹复礼讲，老陶老陶，下雨不愁！同老吴大笑。

于是三个人撑着两柄伞，衣物裹在身前，跑回楼里去了。

眨眼间，雨就大起来了，那阵势好像人家拖完地板，一脸盆一脸盆的脏水往池子里倒。等雨停下，空调关掉，窗门打开，里面外面又变成一个世界了。

◇◇◇ 五、清明 ◇◇◇

吴墨林走了大半天，两条腿软得像过了水的面筋。临近傍晚，扫墓的人陆续回了。他在公墓里兜兜转转两圈半，总算找到了老曹和老陶的墓。一个靠东边，一个在西南角上，隔得老远。墓盖都用水泥封住了，碑上贴了照片，名字也涂成了黑色。吴墨林盯着两个人的遗照看了许久，总觉得和平日里住在六零一的面孔并不相像。老曹墓前飘着黄纸，小香炉里的灰积得蛮厚，一看便知前脚有人来过。老陶的香灰快被风吹尽了，坟上光秃秃的，什么也没有。吴墨林回想起这二人生前总喜欢争着比谁更惨，现在算是分出高下了。他耳边甚至能响起几句吵嘴。

你看看，我就讲过我日脚过得顶苦，死都没人管。

都是面子工程，烧烧香么，叫我死人保佑活人，又不是真待我好，没意思。

吴墨林在两人墓前各烧了一刀黄纸，又抓了点香灰，放在花盆里带走。他把折好的银元宝全都挂在了老陶墓上。吴墨林讲，老曹，大方点，让给老陶了噢。

一路上，吴墨林见到好多熟人的墓。对有些人，他想，我同伊有多少年没见过啦。还有些，他则想，这个人竟然也死了呀。吴墨林觉得自己走在一个奇怪的地方，仿佛在一本老式相簿里，看着一张张照片，有年轻的，有老一点的，他搞不清楚，明明大家都在这里，怎么你们都在下面，我在上面呢，我看到了你们，你们看不看到我呢。

吴墨林走着走着，又走回了自己和亡妻的墓前。中午给妻子放的青团还在。他自己的相框空着，"吴墨林"三个红字有点褪色了。不久之后，他也要搬过来住了。吴墨林四下望了望，环境还不错，前有河，后有山，空气应该不差。可再望远点，对岸早已起了层层高楼，他皱眉。吴墨林仔细逛了一圈周围的坟墓，一个个名字念过去，没有认识的人。他说，各位朋友，大家好呀，我是张蓓芳的爱人，下趟搬过来，请大家多多关照。

吴墨林把放进两处香灰的花盆放在自己坟头上，点上两支烟，又从包里拿出两瓶五加皮，一袋鸭头颈，倒出，放好。

他讲，侬两个住得太远了，这趟还是集中在我家门口好嘞。来，先给老陶补过个生日！话毕，自己吃下一杯。

刚下过雨，空气很湿，寒风一吹，烟头就灭了，吴墨林用手挡着，重新点上，又给自己点了一支。

对不住啊，那桩事体没办好。侬两个下去了，吃得消吗。老婆碰着吗，被冤家捉牢吗，三囡和阿大寻着了吗。照我讲么，大家都太平点，安心过日脚，对吗。

事体做不成，我心里也交关难过。吴墨林讲，这个大头鬼，倷不晓得，心黑得不得了，拿了回扣不算，还要我赔三个月工资，没办法，因为这桩事体，伊饭碗也敲掉了。我只好自家摸出钞票来赔。下趟我过来，要问倷两个讨回来的噢。好事不出门，坏事传千里，病院里大家晓得这桩怪事体我也轧了一脚，现在看我的眼神啊，真真是像针一样的。

一杯一杯吃下去，冷风一吹，人就有几分晕眩了。吴墨林倚着自己的墓碑，对两个朋友讲述自己在病院的尴尬处境，送饭的人怎样敬而远之，护工怎样叫唤不灵，去邻近房间串门，也接连吃了冷脸。他只好坐在房间里看看报，发发呆。实在闷得慌了，就关在卫生间里抽根烟。好几次走出来，望见对门房间里几张陌生的新面孔，心里总是说不出的难过。

讲着讲着，吴墨林有点乏了，酒劲上来，身上软绵绵的，眼前好像围着许多小飞虫，模糊不清。他蜷在自己坟前，仿佛蜷在六零一那张长久没人睡的空床上。睁眼一看，这床竟生在楼外那块高高的稻田里。老曹和老陶早就穿好衣服，戴上草帽，下地割稻去了。两个人动作轻巧极了，还在比赛谁割得更快。吴墨林坐起来，刚想开口，老曹和老陶先回头喊，睡什么午觉啊老吴，快点下来割稻！等一歇落了雨，就来不及了！

吴墨林听了，赶紧下地找鞋。一落地，咯噔一下，头撞到了石头上。抬头看，正是自己的坟盖。

吴墨林拍了拍自己发烫的脸，点起火盆，从上衣兜里掏出黄皮红字的工作笔记，撕一张，烧一张。他朝天看了一眼，讲，倷两个那边也要落雨了吗，原来两边是一样的啊。气象预报看牢点，冷热自家有数，衣裳覅忘记了收。

说到这，他顿了一下，我蛮想倷两个，也想早点过来，但是倷也晓得，我总要等到第四代生出来，我再好闭眼睛。做人一辈子，到底为点啥呀。说着说着，吴墨林掉眼泪了，头埋在手里不肯出来。

再抬头，两只野猫走过来，舔了舔地上的鸭头颈。吴墨林一惊，老曹，老陶，倷两个来了啊，多吃点，多吃点噢。野猫低着头，吴墨林把酒端过去，野猫闻了一会，走开了。

好好好，今朝不吃老酒，就吃鸭头颈。老曹吃了酒，要讲疯话的，对吧。

吴墨林一面烧纸，一面看野猫吃东西。他心里觉得，杂毛多的是陶宝兴，耳朵大的是曹复礼，越想越笑出声来。风呼呼地吹，时不时飘来几点雨，看样子，一会又要落大了。吴墨林讲，唉，一年四季都是雨，倷两个伞也不带，快点回去，回去。他用手把猫赶走。

烧到最后一张，吴墨林停下了，盯着纸上的名字，手抖起来。他忽然觉得，这些人就在周围似的。于是站起来大喊：

张作永！沈青松！李全！戴大仙！落雨嘞，好回去了！

四下安静，无人回应。偶有几个迟来扫墓的人，惊异地朝吴墨林这里望了几眼，恐怕当他是老年痴呆了。

吴墨林喝了口水，把火浇灭。他从兜里拿出笔，在那串名字后面写下，陶宝兴，曹复礼，正犹豫着，要不要把自己名字也写上去。突然手机响了，对面的人说：

哎，老吴啊，我是三楼的阿冲，陈阿冲，有桩事体我想请你帮个忙呀……

地藏的故事 07

◇◇◇ — ◇◇◇

　　我总觉得时间大约从五六年前起就不走了，或许是走得慢，感觉不出，也可能是太快了，回不过神，光觉得晕。刚才我对面第二排铁轨上飞过一辆动车，唰的一下，就像这样。那感觉有点像量完房间抽屉的皮尺唰的一下收进壳里，心里毫无缘由地替某一根手指生生地发疼，脑中浮现血的形状。这种迅疾无边的恐怖总能让人想起老师握着粉笔头的指甲划过黑板的一下，飞快翻书时手指被某页割破的一下，紧绷的橡皮筋突然断了狠狠弹在你脚踝上的一下。那辆不停靠的动车，吸完八方嘈音，唰的一下，伴着脚下的长久的振颤——即便你有所准备，还是感到一股承受不住的震惊和余悸——铁轨重新出现在眼前的时候，有点晃动，两条细长的被蹂躏干净的弹簧瘫软地伏在地表，像没有被蹂躏过一样。枕木是好的，看过去有一口滚烫的气往上舒。

这时我有点庆幸自己是从一辆拖拖拉拉的绿皮车上跳下来的。只有它窝囊的外形和旧火车站过时的标语让人感到日子离过去并不太远。

走出车站，和以前一样，我贴在公交站牌的柱子上，有一看没一看地看着车和人。每望一眼，都能想起从前在这里生长的样子。不远处热闹的水果摊子和鱼目混珠的美容院，容易发生小事故的转弯路口，摩托车飞驰而过总会溅人一裤脚管的泥水，公园后门霸占着石桌子打牌的老头随时可能发生简单的争执和推搡，乞丐睡在银行大楼前石狮子的屁股后面，我吃着早饭等公交，我在房间偷听隔壁夫妇吵架，我在睡梦里反复做白天考试的题目，我淋着雨不想回家，我按时吃饭，早起早睡，一心一意地写着包括有每日电视新闻的日记。

时间好像不太走了。

这时已临近下班放学买菜烧饭的钟点。公交车的门窗紧贴着校服和书包，红绿灯交替的频率开始让人心急，各个路口正在摆开长长的龙门阵，一些清闲的大楼早已悄悄在规定时间的前几分钟内扫地关门。我不急，即使是回家，我已不再有任何需要匆忙的理由。在另一个匆忙的大城市里疾行疾去，损耗去我太多的气力和耐心，然而那焦灼的奔忙并不能在哪怕一分钟里燃起我想象中哪怕一簇来自新生活的热情：无处可寻的生计，无疾的恋爱，无尽的苦闷和不解，每一回无可招展的故事，变成换季时的一盆盆冷水，加速灭着我的口。以为冷水澡能浇醒人的斗志，结果却被浇得四肢麻木起来。这么想着，便觉得不如回来这里停一停，停在大约五六年前的永远贫瘠的旧世界。

◇◇◇ 二 ◇◇◇

小王啊……小王……

近处传来一声老太太的轻微叫唤。探出头，正瞥到前面有个男青年转过身应答，就没再理睬。

不想过了几秒那声音又响起来：小王……小王啊……一股微弱的气息正朝我游来，再探出头去，眼前竟突然多了个穿校服的小姑娘，她愣愣地看着我，脸有点熟。不待我反应过来，那声叫唤已落到跟前，她一手挽着小孩书包，一手提着杂货，背弯得极厉害，和小姑娘只差了不到半个头。小王啊……一老一小愣愣地看着我，眼里流露出那种我已许久不曾遇到的由欣喜引发的惶恐，迫使着我尽快做出反应。

姐姐，小姑娘又补了一声，你很久没来看我了。

我这才想起她们是高中老师的女儿和母亲。小姑娘长高长大了，模样依稀还在，她的外祖母却是单从脸庞叫我无法辨别了。不过几年工夫，竟老得浑身变了个样，头发全白不说，脸上颤动的鼻翼和喊着小王还没合上的嘴型，透露出一种强忍住的凄苦。最是那个深重的驼背，是我印象里从未有过的，脑中迅速闪过——她应该也才六十多岁吧。

小王，你怎么回来了？老人眼神里持续传递着渴望交流的善意。我……回来休息一阵。我并不能答上什么有用的话。

小王，你大概已经毕业了噢，在哪里做生活了吗？

嗯……再看看……

我晓得，要找个稳当的饭碗是难的，你不要急，慢慢来，总归会有的。

嗯……

你们老师以前也最担心这个，学画画总归不是什么正当的事体，哎——可能意识到表现得太悲观，她立刻收住了自说自话的评论。小王啊……真是好久没见你了呀。

随后她又问起家里，问起以前班里同学好不好，一个人在外地过得怎么样，可是一串扑面而来的充满热度的提问，并不能得到我任何充沛的响应。我答不上来，试图转移话题，却发现没有什么可问的。本想问问她最近身体好吗，可是望见她身后山一样隆起的弧度，又不敢再开口，只能对着不知道她们中的哪一个说：小阿咪……现在读几年级了？

四年级，小姑娘抢过话茬，老人在旁边略带自豪地点着头，嘴边笑出两弯皱纹。

姐姐很忙吗，好久没来看我啦！小姑娘主导起我们三人间略显失调的对话，见到我似乎让她颇为兴奋。

我看着她黑瘦的身体，十分健康活泼的样子，心里有点高兴。小生命确实厉害，不管多大的伤痛，总能恢复得不留痕迹。

◇◇◇ 三 ◇◇◇

老师出车祸的时候，我并没来得及赶回去。被她牢牢压在身底下的女儿侥幸保全性命，下肢受了重伤，不久被送往我那时读书的城市动手术，那一阵我每天都去探病。出院后几年，每个假期我都会去老师家里，陪小姑娘吃饭读书看电视，给她带集市买的花草，看看伤疤结口了吗，走动自如了吗，心里还恐惧吗。如今看来似乎毫无后遗了。

姐姐忙，大人要上班啊，跟姐姐说空了就来家里，把其他几个哥哥姐姐一起叫过来，外婆还像以前那样，做好小菜招待大家。老人转而拉着我，平时没人跟她玩，你空了来，陪她吃吃饭也好。

好。我看了一眼小姑娘，心里并不是很有底气地应下。

我第一次见到老人就是在老师家吃饭。那时我是个高中生，老师家住得离学校近，放学后几个成绩差的就跟过去补课。那时的小阿咪还在家里抓着纸飞机到处乱跑，而她像个精明勤快的管家仆，带小孩，搞卫生，做饭菜，各事招待周全。她买的西瓜特别大，一到休息时间，大家就冲过去抢来吃，最盼望的就是下雨或者题目做不完，便可以赖着在老师家吃饭。小阿咪叫她外婆，我们也跟着叫。外婆不和我们一道吃，她总是安排好吃喝，然后端着一碗平平的米饭坐在厨房间小凳子上独自吃，脚踩着垃圾桶的翻盖，一边吃一边把剔出来的扔进去。问她为什么，她说几十年来在乡下灶头习惯了，上堂上桌的样式不喜欢，吃快吃饱才好下田干活。偶尔她会差使某个人下楼去买个酱油，也会在休息时候跑上来说几句闲话，讲老师小时候的调皮事。老师嫌她烦，总是要把她赶去厨房或阳台，她嘴上说着不走，过一会就默默出去做自己的事。

高中毕业后再见到她，是在老师的葬礼上。大概哭过了好几天，她脸上已不大看得出有什么异样的神态，只是弓着背，望着地，两手紧紧攥在身前。那天出席的人，一些顾着自己哭，一些牵挂仍在昏迷的小阿咪，一些安慰着老师的丈夫，并没有谁留意这个平时像佣人一样的瘦小老人。她就这么站着，临到告别遗体，她突然像呕吐一般，爆发出抢地的哭声，伏在棺木前不肯放手，嘴里反复嚎叫着几句含糊不清的话，带着浓重的乡下口音。几个吃过西瓜的同学上前拉扯她，外婆你别这样，小阿咪还需要你来照顾。

◇◇◇ 四 ◇◇◇

手术之后的小阿咪，就是在她那样悲痛后的照看下康复起来的。大学假期里再去老师家，她已然恢复了管家的角色，买菜烧饭搞卫生，多了一项以前老师的任务：接送小孩。她常去庙里烧香，小阿咪不愿意跟着去，她就找以前的学生来陪小孩，等她回家再一道吃个饭。我去过几趟，却不大与她交流，她开口少了，许是手里的活变多了，许是心里的难过真的积得太厚然而我并没有料到，这难过在近几年里会重到彻底压弯了她的背。

哎，小王。她好像突然想起什么重要的事，把书包背到肩上，腾出一只手，伸到另一只手里抓着杂货的布袋子，掏了会，摸出一把香烛。

小王啊，今朝是地藏王菩萨的生日噢，地藏王你晓得，就是在地下那个，伊保佑我们的。菩萨过生日，我们地上的人就要同伊上香，给伊祝寿。伊记下了会保佑我们的。

她看着我，握香烛的手摇晃着其中一端指向我，地上的物什，统统都归伊管，开车的也好，走路的也好，种田的，扫地的，谁不在地上？谁都要敬他，你是画画的，也要敬他。

我不太明白画画和地藏王有什么关系，却感到这是一件不能推辞的任务。

回想起来，差不多每年到这时节的晚上，小区的地上确实会种满了香和蜡烛，整片整片地闪着火光。烟气弥漫，恍惚间还以为天地翻了个身，好像脚下踩着星点银河，头顶倒变成了人间。

小王啊，今朝吃好夜饭就出来点上，有用的，要敬的，晓得吗？

好。我伸手去接的时候，突然发现她左臂上挂着黑臂章。怎么……怎么？那黑臂章在她举着的手上被风吹得飘来飘去，好在有别针把持着它。

小王啊……她示意我快点接过手里攥着的那把香烛，香是干涩的，蜡烛摸起来很顺滑。她把背上的书包重新挽在手里，嘴里面突然像吞了一口滚烫的开水，下巴整个地蠕动起来，小王啊，是我姆妈……是我姆妈……说出字来简直像要吐出一个个玻璃球似的艰难。我造了孽，造了孽啊……女儿被车撞掉，阿妈也被车撞掉，叫我一个人送两个人，叫我一个人送两个人……

她嘴里面的沸水开始从眼睛里掉出来，滚烫滚烫的一颗颗，要烧起浑浊的眼球，我阿妈捡可乐瓶……我阿妈喜欢捡可乐瓶拿回去卖……车子就撞过去了啊……她把头埋在极低处，弓着的背一跃高过了她的头，这座小山也随着滚烫的嘴而颤抖起来。

我无话可应，连一句"外婆"都喊不出。我没见到那天外婆的姆妈和她的可乐瓶被撞飞的样子，也没有见到那一年老师在下班路上被卡车碾压过去的样子，我只见到了外婆，她还活着，不停地哭，她的背高过了她的头。但她的哭很快收住了，小姑娘皱着眉头地看她，也许她见过太多回哭诉了，她急着要回家——她扯着老人的袖子叫，车来了！老人重新把书包背到肩上，吩咐我回去给地藏菩萨点香，吩咐我有空来家里吃饭，小姑娘和我挥了挥手，搀着老人向围堵的车门走去。

老人哭得有些脚软似的，脚跟都不太着地，佝偻着背，这背却看起来不像硬壳，反而让她像软体动物一样无力地蠕动着。我想不出她在这一次的葬礼上有什么样的反应，会不会趴在棺木上哭，人们会不会再次拿"你要好好地照顾外孙女"作为安慰的理由。我想不出，这样的苦痛我想不出。

我感觉自己也像被抽了脊柱一样，倚靠在冰凉的公交站牌，目送走向车门的活着的两代人，至于另外两代人，我看不见。那背上的小山，到底是如何一天天隆起来的。

◇◇◇ 五 ◇◇◇

这时候，马路上的龙门阵逐渐开始散乱，红灯堵住了一个转弯车道，一辆车堵住了公车道，几辆公交车接连堵在车站，上车的人们围在前车门，而下车的人由于太挤而无法从后门下来。转弯口的交警吹着不能更尖利的哨声——他没有站在马路中间探照灯下的圆台上，所以显得并不伟岸。地面上却穿梭着灵活的行人和电动车，滚动着人们喝完扔下的可乐瓶。分辨不出哪些场景是过去就有的，哪些是新发生的。这座城市像游离在世界之外，大约从五六年前开始，时间就不走了，大概是走得慢，感觉不出，也可能是太快了。就像刚才我对面第二排铁轨上飞过一辆动车一样。

然而有一点是确定的，离开的几年，这里的四季越来越不分明了——有时候一阵风一场雨，气温就甩开了日历大幅跃进，春和夏没了渐变，秋和冬失去了差别，街头总是杂乱地游动着各季衣物的厚薄深浅，人们永远来不及带上明天下班路上要披的外套。这变化来得快，来得疯，眨个眼，睡个觉，醒来就变天了。就像一个女儿的离去，接着是母亲的离去，从不给她反应的余地。

我不反对这样非此即彼的四季，热与冷，要像有和没一样，易于区分。对流浪汉来说，夏天和冬天的区隔仅仅在于赤膊还是把破布全都套在身上而已。温和的春秋，只会引来一群无聊的人带着桌布和帐篷来瓜分他们所依附的公园和草地，大树和长椅，阳光则不会。对我而言，无非是在那些过渡的日夜里凭空多了几趟头疼和感冒。

◇◇◇ 六 ◇◇◇

我不太想回家，怕被堵在某个地方。

然而我穿着好几层衣服，手里攥着那把香烛，香是干涩的，蜡烛是滑滑的，地藏王菩萨的生日就要到了，我去点上，我去敬。在公交站牌边靠了很久，我决定走回去。车道在渐渐疏通，天暗下来。我路过几个小区，看到那里满地火光。这个菩萨该有多老了，老得没有人说得清他的岁数，地上所有的蜡烛加起来都拼不满他的年纪，人们却每年都记得他的生日。

这时节的傍晚，风是很凉的，每个人都用手挡着风点起蜡烛，点起一根又一根为地藏王菩萨祝寿。有的人点完就回屋了，继续做自己的事，吃饭，打牌，或者看电视。有人刚点着就迫不及待得许起愿来。有人许完愿站了一会也回屋了。地上有那么多人在许愿，地藏王菩萨保佑得过来吗，谁又来保佑他呢？地上有那么多故事，地藏王菩萨听得过来吗，他会记得清被车撞死的是谁的姆妈，谁的女儿吗？不过据说，死去了就都归他管了，地藏王菩萨总在地下，他们离得他近。

我并不能想明白，只能看着地上种满了的香和蜡烛，整片整片地闪着火光。烟气弥漫，恍惚间还以为天地翻了个身，好像脚下踩着星点银河，头顶倒变成了不知快慢的人间。我手里攥着要给地藏王菩萨的寿礼，我只能跪下来，什么都不去想。

老菜皮的故事

08

◇◇◇ — ◇◇◇

　　我住在一个被大家戏称为"苦油菜"的上世纪九十年代小区里，据说很久从前此地是一片油菜田，也有人说是一块墓地，总之这两个字被带进了小区的名字里。几年前居委会弄来一尊约莫两米高的不锈钢塑像放在大门口，说是作为标识，被众居民嘲笑至今。他们大多数是一些不愿搬出去的老人和没钱搬出去的穷人，大家闲着没事就聚在小区门口，坐在这颗不怕风吹日晒的油菜花底下乘风凉，谈山海经，骂天骂地，骂一朵不争气的苦油菜。

　　南方小城阴雨太重，几次台风过后，有人发现苦油菜的花蕊生锈了，芯子里淌出黄水来。什么不锈钢啊，挫败货！人们骂完，觉得这物什放在门口太晦气了，要扔。居委会不肯，商量了半天，决定请到里面来。可是谁家楼前愿意放这么一朵生了锈的花呢，搬来搬去，最后落到了怪脚刀一手打理的老年活动室头上。这地方正对面刚好有一处花坛，早枯完了，无人打理，索性安一朵假的上去。打麻将的人输多了，走出来抽根烟，消消火，推门一见这破败的花，更气了，大骂：触霉头！

　　门口少了这尊艺术品，并没有自此迎来福运。没过多久，小区改造，大铁门边上搭起了一堵高高的墙。远远望过来，红砖、金字，体面极了。转进来一看，这墙背面竟然是公厕。老式的水箱拉绳法，半天不拉，臭气冲天。外面的人提起这个小区，总是说，对对对，就是门口有面红墙的小区。里面的出来接人，就说，好好好，我就立在红墙底下等你。殊不知，这栋标志性建筑物的体内，经年累月地屯着屎屯着尿，有小区居民的，也有过路人的。

　　苦油菜大门口常年有一个传达室，一家水果摊，再过去是一间报亭。报亭和厕所中间有块空地，不大，从外面看很隐蔽，实际上却是人群出入必经之地。白天总有几个乡下人骑着三轮车过来摆摊，卖几样自家种的蔬菜水果，刚捞上来的河鲜货，价钱比市场上便宜点，又因为不洒农药而更为人信得过。加上退休的，下岗的，待业的人们常年聚众聊天助阵，小摊的生意一向不错。那些下班回苦油菜的，路过苦油菜的，住在苦油菜附近的人，都会停下来买点什么。小摊贩里常来的是一个扎红头绳的老太婆和一只眼白内障的阿伯。不过我要说的并不是他们，而是几年前一个冬天在这个位置卖青菜的老头子。

◇◇◇ 二 ◇◇◇

　　他姓蔡，又或者姓柴，两个字差不远，反正大家都叫他老菜。没有人追究他到底姓什么，要知道按城市平民的社交惯例，一个叫得响的绰号是结识各路好汉的最佳招牌。后来因为他专卖青菜，大家改叫他老菜皮。

　　老蔡，或者老菜皮，大约是秋末开始在苦油菜出没的，到入冬，已是小区门口的老面孔了。他长得和所有卖菜的乡下人差不多，五六十岁，身材瘦小，一抬头问，小青菜要不要啊，面上就涨起层层皱纹，配上那张土黄色的削尖脸，好像平滑的花生酱被调羹挖出几道线，这些线一同汇入头顶，被蓝色的工人帽挡住了去路。老菜皮有一部人力三轮车，龙头上套一叠红色尼龙袋。车上一鼓一瘪两个蛇皮袋，一个装满小青菜，一个垫在地上放菜、秤和盖上扎满小孔的雪碧瓶。自己则坐在一块砖头上。老菜皮通常早出一趟，专候着小区里的老人，下午四点又来，候着下班回来的人，六点收摊。这样一天两趟，风雨无阻。有时碰上雨大，他穿着雨披独自缩在报亭的檐角下，一旁卖水果的老黄稳坐在巨大的广告伞底下，高下立判。老黄嘲笑起来，你这张老菜皮还怕淋湿啊，不是越浇越新鲜嘛！

　　众人哈哈哈笑起来，传达室的小官在远处骂道，这个爱扒分的老死尸，落雨天都赶不走伊！老菜皮不回嘴，单单坐着，等雨停了回到原位，从蛇皮袋里拣些卖相好的出来，放在地上继续。

说起扒分，就是钻钱眼的一种老说法。这词用在老菜皮身上一点也不过分，他就是那种一个生意都不肯错过的人。比如你出门的时候同他说一句，老菜皮，待会回来买！那么你多晚回来都会看到他，这可不是守信用，而是一笔掰在手指头上的生意还没到账呢——几乎没有哪一天见他带着卖剩的菜收摊回家。有时候哪个糊涂蛋答应下来，隔手忘掉了，老菜皮第二天还会跟他争，我等你多少辰光啊！嘴里骂个没完没了，即使他最后把留着的青菜卖给了别人。老菜皮就是这样一个斤斤计较的人。

徐爷爷路过门口，看这菜不错，就同老菜皮说，等一歇买。正巧老王刚从老菜皮那买了交关青菜，两个人碰到，他就随手找个袋子分一半给徐爷爷。徐爷爷脑子细密，定要再去一趟门口，和那个卖的关照一声，免得叫他白等。走到门口，还没张口，只见老菜皮死盯着徐爷爷手里那袋菜。

徐爷爷讲，老师傅，老王问你这搭买的，我拿一点，也算买过你的了。不料老菜皮指着那只塑料袋，瞎讲！袋子不对，我只有红色的袋子！说着就翻脸了。等到一切解释清楚，老菜皮总算松了口气，可嘴上还是振振有词，我的袋子我都晓得的，你们要骗我，想都不要想！

小官插嘴，老菜皮的眼乌珠不得了啊，别说袋子，就是里面的青菜，是不是自家的伊一眼也认得出来！旁边的人跟风取笑，老菜皮愈发正气凛然起来，那肯定！自家种的青菜，哪一棵不认识，你炒好一盆放在桌上我也吃得出来！

这下大家笑得更厉害了，引得更多人朝这儿围过来。有人骑着脚踏车在马路对面大喊，来来来，我们把老菜皮和小青菜一起炒来吃掉算了……

取笑管取笑，老菜皮在苦油菜驻扎了几个月，大家都讲他的菜好，不容争辩，他总是最争分夺秒，最讲究斤两，也是来得最勤快的一个，所以他的生意一直最旺。有人讲，老菜皮不仅早晚在苦油菜卖菜，还见过他中午在其他小区出没，扒分扒得不得了。特地去问老菜皮呢，他又死活不承认。路人半劝半笑，你呀，勠乱跑了，应该学学老黄这头老黄牛，在这搭建个根据地，你这片死菜皮么，也只能在我们这朵苦油菜挣点铜钿咯！

◇◇◇ 三 ◇◇◇

年前迎来一场雪。在南方小城，雪下一整晚是很了不得的事体。路面上结了冰，大家都走路去上班，广播里说，郊区许多农家的葡萄棚全被积雪压垮了。我和老王出门吃早饭，老菜皮竟然照常就位！没有骑三轮车，天晓得他是几点钟出门的。他把积雪清理到旁边，像在一堆雪中挖了一个坑把自己和装菜的麻袋围起来，笑嘻嘻地看着吃惊的路人。

你怎么今天也来啊？老菜皮要变冰冻菜皮了噢！老王讲。

你这个老东西不也出来吃早茶了吗！老菜皮讲，拿几把去嘛，我们这种小青菜不要太好啊，雪地里新鲜挖出来的，真真是，一年能吃上几趟啦，你想想看……

他的语气中透露出一种来自下雪天的异常的高兴，当然不是小孩终于盼到堆雪人的那种高兴，而是带有无比自豪感的——他家有雪地里挖出来的小青菜，而且只有他拿出来卖。这种天气和路况下，很多农民都不愿出来，他可以理直气壮卖得贵一点。

留一把，吃完回来拿，保证味道好！老菜皮得意地挤了挤眼睛，笑得眉眼都往额头上几道线都凑到一块儿去了，嘴唇翘起，露出带茶斑的黄牙齿，帽子上残余着几寸还没融化的积雪，和地上的小青菜一样，半干半湿。

果然那天他的小青菜独领风骚，几乎路过的都会带一把走。回来路上，远远地只见老菜皮高高举起手中的两把小青菜，像挥着革命大旗。快来快来！都是说好要留给老熟人的，幸亏你们说得早啊……他兴奋地边说边指三轮车，只剩一只空蛇皮袋和周围的融雪。老菜皮给了一把大的，称好，装进塑料袋，竟然不比平常贵。

老菜皮，今天做着大生意了啊。年头上几天还来吗？

来的来的，我什么时候不来哟！

我看你赚得盆满钵满，再下去好买小汽车了，叫我们这种拿点可怜值班费的老棺材怎么办噢。小官出来轧闹猛了。

什么小汽车噢，老菜皮赶紧摇起手，你小官又要开玩笑了，我们不过嗒，换部大一点的三轮车罢了！

等换好大的，还不是要种得更勤快拿出来卖咯！那天上午他就卖完了所有青菜，吃中饭前就回家了。

第二天雪停了，路上积雪也消融殆尽，这素来是南方的雪的风范，来去匆匆，意思意思就好。奇怪的是，第二天老菜皮竟然没来。聚集在小区门口的闲人炸开了。有人说，伊是头天赚够了，足以消停几日，有人猜伊太累了，兴许冻坏了要休息，也有人说老菜皮的青菜都在下雪天卖完了，地里再没有了。总之老菜皮没来，就像南方的雪结了隔夜冰一样稀奇。第三天，第四天，第五天，老菜皮还是没来，甚至有人说看到一个很像他的人在隔壁小区摆摊，大概那边马路宽，过路人多，生意好做些，众人为之臭骂了好一阵。后来又被证实那个很像老菜皮的人并非老菜皮。此事变成了一桩无头案，时间一天天过去，苦油菜的侦查员们给不出更多的假设理由了，他们只好主动放弃了侦查。

◇◇◇ 四 ◇◇◇

　　新年之后，很快有了新的乡下人骑着三轮车来卖菜，占据了老菜皮原先的那块地。苦油菜中难得有人再说起老菜皮，大家都有念不完的经，只是偶尔在餐桌上说起，这菜不够好，想起来还是那个老菜皮的青菜最好啊，也不晓得伊混到哪搭去了。

　　就在所有人都快忘记他的时候，老菜皮在本地的晚间新闻里出现了。那大约是一条30秒的简讯，讲一个农民在路上被偷掉三百五十块钱，回家后吃不进，睡不着，满心想着钱。报案无果，连续几天上吐下泻，瘫卧在床，挨不到过年，忽然就死了。还补充说，外地读书的儿子因为在春运中买不到提早的票，没赶上见老父亲最后一面。末了镜头给了他的菜地和他的照片两秒钟。我看到了老菜皮那张土黄色的脸和僵硬的笑容，地上的青菜，是新一年的青菜。

　　大家都看到了。第二天他们围坐在大门口，在原先那颗硕大的苦油菜雕塑下谈论老菜皮的事。人们在惋惜的同时纷纷说开去，这个老菜皮啊就是看钱看得太重，掉了三百块钱像掉了块肉一样，年纪那么大还想不开，没病都想出病来。哪里又冒出来一句，不得了啊，人被活活气死了。三百块有钱人买件衣服都不够，我们这个可怜的老菜皮却当成命根子一样。这个社会没法弄啦……还有人说，世界上有钱人这么多，谁好心贡献个五百块啦，老菜皮就开心了呀，就不会死了啊。老菜皮可怜啊种了一辈子的青菜……这种小偷作孽啊！偷穷人的钱不得好死啊……外地人只晓得是钱就偷哪里还有良心啊！

人们摇头叹息，甩手，咒骂社会，什么都有，只是不会有人掉眼泪，大概也不会在过完年以后再提起这件事，苦油菜芯子里，哪个没有一大盆苦水要吐，谁没有一大堆烦心事要去做，没有人能分担更多的坏事体了。何况小区门口早已有新的卖青菜的乡下人出现了，人们不愁没新鲜蔬菜吃。老菜皮自家不来，那个位置就不再属于他了。大家说几句，太阳落了，便如往常一样，纷纷散开去了。

我问老王，你难过吗。老王说，这都是命，没什么可难过的，老菜皮自家想不开，我们也帮不了。

我问徐爷爷，你记得上次那个卖青菜的人吗，伊死了。徐爷爷说，但愿老师傅下辈子不要种青菜了。

我有点不高兴，我那时脑子里一直在想，以后的冬天，恐怕再也吃不到雪地里的小青菜了。

不成景观的景观（代跋）

一、预演一种我所害怕的生活

长久以来，我始终相信一种"事与愿违"的力量。害怕什么，心里就反复想着什么，似乎它在头脑里越丰富，现实中就越不会发生。有点像大人安慰小孩的那句"做梦都是反梦"的道理。一来，想象或许能淡化对未知的恐慌，二来，当真发生了，好歹作过几回深刻的演练，便不至于猝不及防地崩溃了。

这种日常迷信被我沿用了很多年，从小时候的考试，到如今生活中的每一道关卡。甚至用到不再为了"驱凶"，而纯是为了提起勇气，去假设，去直面。《麻将的故事》就是这样的当口想出来的——预演一种我所害怕的场景。

老王生病以后，时常遭遇梗阻。肿瘤让器官相互粘连，肠子越来越细，不知不觉就堵车了。吃药打针，每一次疏通都是撞运气。好在挺过了。医生却关照，要做足准备。这样的死亡姿态真可怕，坐以待毙，无力且自知无力，也许是人类最缺尊严的谢幕方式。

我坐在病床边，就开始想，如果这一天来了，真的要活活等死吗？以老王的性情，倒不如大吃一顿，像电视里那些行刑菜市口的囚犯，饱餐一顿，然后慷慨赴死。何况他又是专喜欢浓油赤酱的人，这些年的病痛却让他有口难咽，常常是我吃肉，他喝粥，于心不忍。（没想到这种不忍，是长久挥之不去的——直到老王离开，我每吃到尽兴，仍会难过起来，他再也吃不到了，连看一眼的机会也没有了。）

于是决定将这件大无畏的事在纸上操练一遍，把当好汉的机会留给对对吴。便有了小说的倒数第二节，葛四囡带着一班麻将兄弟来看望弥留之际的对对吴，买上一条街的各色食物吃个畅。写着写着，场面大大超出了头脑中的排演，人们是这样的慷慨激昂，不残喘，不挽留，悲伤被决心、看淡和玩笑话所覆盖了，反有了荷尔蒙的气息。这是工人的荷尔蒙。仿佛眼前有一支队伍，对对吴和麻将兄弟大路朝前，高喊着，二十年后又是一条好汉。

关于最后一节，确有过这样一位朋友，是老王的小学同学，也是保安。光杆司令一条，曾来医院看过老王。后来下班回家，睡梦中心肌梗塞。几日不上班，才有人发现他的死。这件事，一直到老王离开，我都没告诉过他。只因那位朋友走前讲过的，下趟空了再来看你。我想，这在老王心里是个盼头。

葛四囡的另一个形象，则是另一位保安朋友。他是我在《香烟的故事》里讲过的铁皮屋叔叔。老同事当对班，如同鸡和蜈蚣，碰面就相互谩骂。这是感情的一种。给老王做五七的时候，铁皮屋喝多了，他讲，心肝，老王同我讲你会写文章，把大伯伯写进去，写得好一点，带大伯伯出风头，晓得伐。我没回，他又讲，写我不好也不要紧的，能出风头就好呀。其实我老早就写过他了。他和老王一样，都是我心里的大人物。

还有一些人的名字，也是外面看来的。马路上，医院里，公交车里。这些东西，想是想不出的，民间世界有它自己的派头，我只去捡，不负责造。

二、"男保女超"

《麻将的故事》里，对对吴，葛四图，还有馄饨店的朋友，都是保安。

"男保女超"，是我很多小说中的基础词汇。这是一个大背景，也是既成的事实。住在老小区的下岗工人兜兜转转，上山下海，最后不约而同地落脚在这两处：传达室和超市。有野心的，拿这个词来自我奚落，不振作的，说起时却带着些骄傲。毕竟它圈定了两个同"落后"的小区并行的子空间，其间游走着各种"落后"的人。无论是葛三图馄饨店所在的礼同街，阿祥早点铺所在的秀水街，还是小官、春光、怪脚刀们的小区地盘，本质上同属于社区空间的一部分，只是有的框在里面，有的散在外面而已。写到现在，二十余万字，很惭愧，我始终没有能走出这片空间，始终流连在这个人群中。

关爱我的朋友纷纷提示过，可以走出来了。生活在上海，写一点都市故事，作为青年人，写一点年轻气盛的生活，不好吗。我都听进去了，无奈实践不如意。但凡我能写出满意的，也就大方地给人看了。只是几次写着忽然作罢，转而打开笔记，去填新的"男保女超"素材了。

我仔细想了想，发现这件事一时半会难以扭转，原因不在我，在故事里的人——他们比我重要得多。回想写作的初衷，并非硬要为自己想一个计划，而是为着他们，或说"我们"。当人们走在城市，为光鲜迷离的商业景观所仰头叹止时，也许会对衰败潮湿的地面展露出鄙视和不解，继而是漠视。愈多的人抬头，地面上就愈发僵化，乃至成为城市中僵而未死的坟场。而我从这个空间走来，带着深重的烙印，每当抬头看，都感到头颈被地面的绳子紧紧牵住，我有必要将另一种不成景观的景观展示出来，展示出他们临死而不僵的内部状态，那种在历史命运的末路上仍然饱含着的无穷的兴致和张力。

这样一来，我不再强求一种针对写作者自身的"多样化"或"跨界性"的尝试和探索，更想做的是尝试这个空间内部的丰富和一致，探索这个空间所具有的边界和深度。对发现这个空间可能性的兴趣，远远超过了我对挖掘自身可能性的兴趣。所以，如果暂时难以"转身"，难以

"抬头"，那就不转了吧。毕竟，他们比我重要。

白先勇写作《台北人》的时候说，他感到自己不得不尽快把台北人的故事写下来，如果再不写，这群人就要消失了，那么他们的历史痕迹也将随之被淡忘，被抹去。很显然，他做了一件太正确的事。当外省人走向衰老，年轻人揉着模糊的双眼回望时，至少能找到一些鲜明的印记——这如同家族相册一样珍贵迷人。

然而有时我也会有点恐慌，比如当Ｖ·Ｓ·奈保尔从特立尼达前往大不列颠的时候，当他从米格尔街上的人变成写《米格尔街》的人的时候，这种写作往往含有不可祛除的后殖民趣味。而城市的不同阶层，似乎总带着另一种维度上的"宗主–殖民"之区隔。如果这种记录完成之后，在文化意义上被延伸成一种"对他者"的空洞的消费和展示——比如被定义的"底层文学"，那就不好了。我有点害怕，也有点迷茫。也许就是明天的事。

三、语言的底色

有朋友这样问过，如果抽掉方言表达，你的故事会不会逊色大半。

我却由此想到了另一个问题，所谓人的母语，能否被细分为一种语言的地方方言——如果他从小优先接受方言环境，且这种方言与标准国语之间确有相当的差异。

倘若成立，那么母语在听说和读写上是不对等的。比如当母语被具体化为一种口音和语调时，它却很难被完整地呈现在书面作品中。因此拿这样的母语写作，对读者而言，作者似乎成了一个转译的角色，怎样捕捉和再现它的原味，又不生误解。而对作者来说，这也许是最轻松自如的表达方式，像画一幅近在眼前的肖像——但又不一定，面对最熟悉的事物，人们常常因为知道得太多而无从把握起，比如你总是很难清晰地想起在镜中看过无数次的自己的脸。

倘若不能成立，我只能姑且把方言定义为母语写作中的一层"底色"。有点近似于电影中的画风和基调。

"底色"的特质首先展示在对话上。比如上一节提及的《米格尔街》，I talk he, go away quick，种种人们口中暴露语病的英文叙述，恰恰是最正常、最正宗的表达。所谓"我手写我口"的"口"，应当是独具特色的"口"。一张嘴，遣词造句，语音语调，带出扑面而来的社会印象。

然而很多时候，对话所展露的印象并不在对话本身（这里的本身，不是指以海明威和卡佛为例的极简对话在表层和内里的多重性），而在排除内容之后，环绕在句子外面的一个更大的气氛，它才是真正的"底色"。这意味着，地域文化所携带的风格，不仅仅停留在什么样的人说什么样的话，更包含了怎样说出来的问题。此处拿拙作抛砖。

对对吴看到葛四平，讲，四囡来了啊，你看我像只啥。

葛四平说，两索。

错，明明是麻雀。

对对吴一双眼睛直勾勾地看着葛四平，声音也抖了，四囡啊，要胡掉了，帮麻雀点支香烟好吗。

麻将的术语本身携带着地域特色。人以牌自喻，好坏全凭运气，并不把自己当回事，却也不放过时刻的享乐，以调侃消解恐惧。人们说棋王"人生如棋"，影帝"人生如戏"。在平头百姓这里，玩什么就是什么，缺不来，也绝不夸大。对话固然是显的一环，可更多隐性的环扣，比如句子背后的图景和氛围，都是构成这种风格的元素。对话之外的叙述，从人名、地名到动词、形容词，停顿，长短句，全都覆盖着这层"底色"。回到最初的问题，仅仅把"对话"抽掉，我想并不失色，如若去掉底色，那恐怕会是个毫无元气的半成品了。

说到方言，不得不提，一些电影对方言的保留做得很好，有时是文学的榜样。这当然是出于声音在影像中的易于呈现。《老兽》说着鼻音厚重的内蒙普通话，《老炮儿》说着麻溜的京片子，《大佛普拉斯》的台语，江南麻将桌上的老混子，自然是要讲并不软糯的吴语了。

四、重点所在

我有点觉得，读小说和看人脸是一回事。有的人美得清楚，眼睛是眼睛，眉毛是眉毛，一看便知，嗯，鼻梁挺，牙齿白，所以好看。也有人美得很含糊，说不出哪一处特别好，但五官放到一起，就显出骨子了。这是不同小说的不同"重点"所在。起承转合明确，或是水一样温温吞吞流过去，都有它的味道。尤其对于后者，你无法轻易判断它是没有重点，还是各处皆重。

王维讲，凡画山水，意在笔先。他的诗歌也自有一股意，超越在所写的景和人之上。这股"意"，也许是中国小说的一口绵延之气。《史记》也好，志怪也好，演义也好，莫不是先有个"意"，然后造一个大的境，再细细地话人，话事情。如同文人画，天地是白纸，有了山水，再点一座亭子，放一架琴，最后捏一对人。人在境之下，说明境和人一样重要，没有山水，无以成人。二者之间，说不出谁是重，谁是轻。但加起来，就有意在其中了。

古人把写小说叫做"讲一个好话"（《太平广记》）。这种形容真好。讲话凭一口气。讲的时候顺不顺畅，讲完了绕不绕梁，即为好的标准。从写作过程来说，我喜欢一口气到底，火力全开，倾尽所有地进行下去。有没有含心藏真，还是给自己留了余地，字里行间是感觉得到的。而从已完成的作品来看，却正好相反，文本中应当贯穿着一口气，悠悠地吸，慢慢地呼。读完了，阖上纸，闭上眼，脑子里有条小河在流，于是好话讲完了，也如同没讲完似的。

这样说来，小说的重点也许是在开始之前，也在结束之后，总之，它藏在一些我们不太留意的地方。